내가 아는 최다미

내가 아는 최다미

오동궁 지음

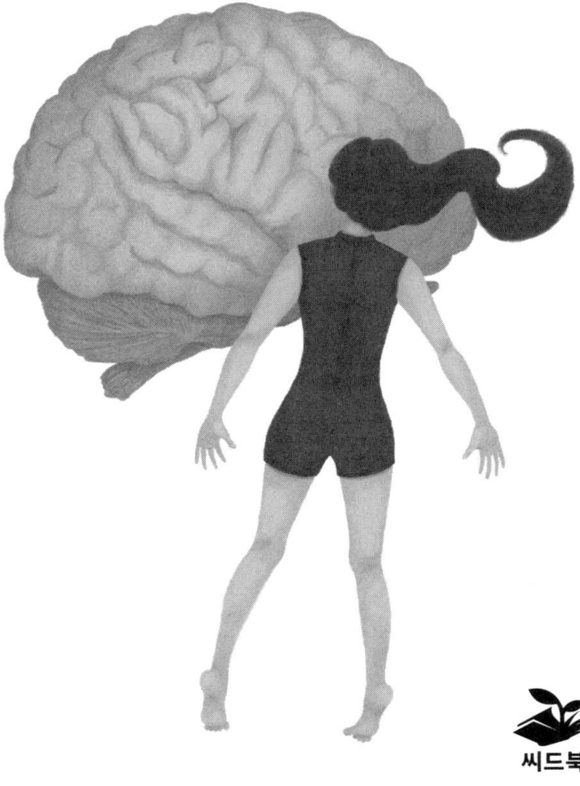

씨드북

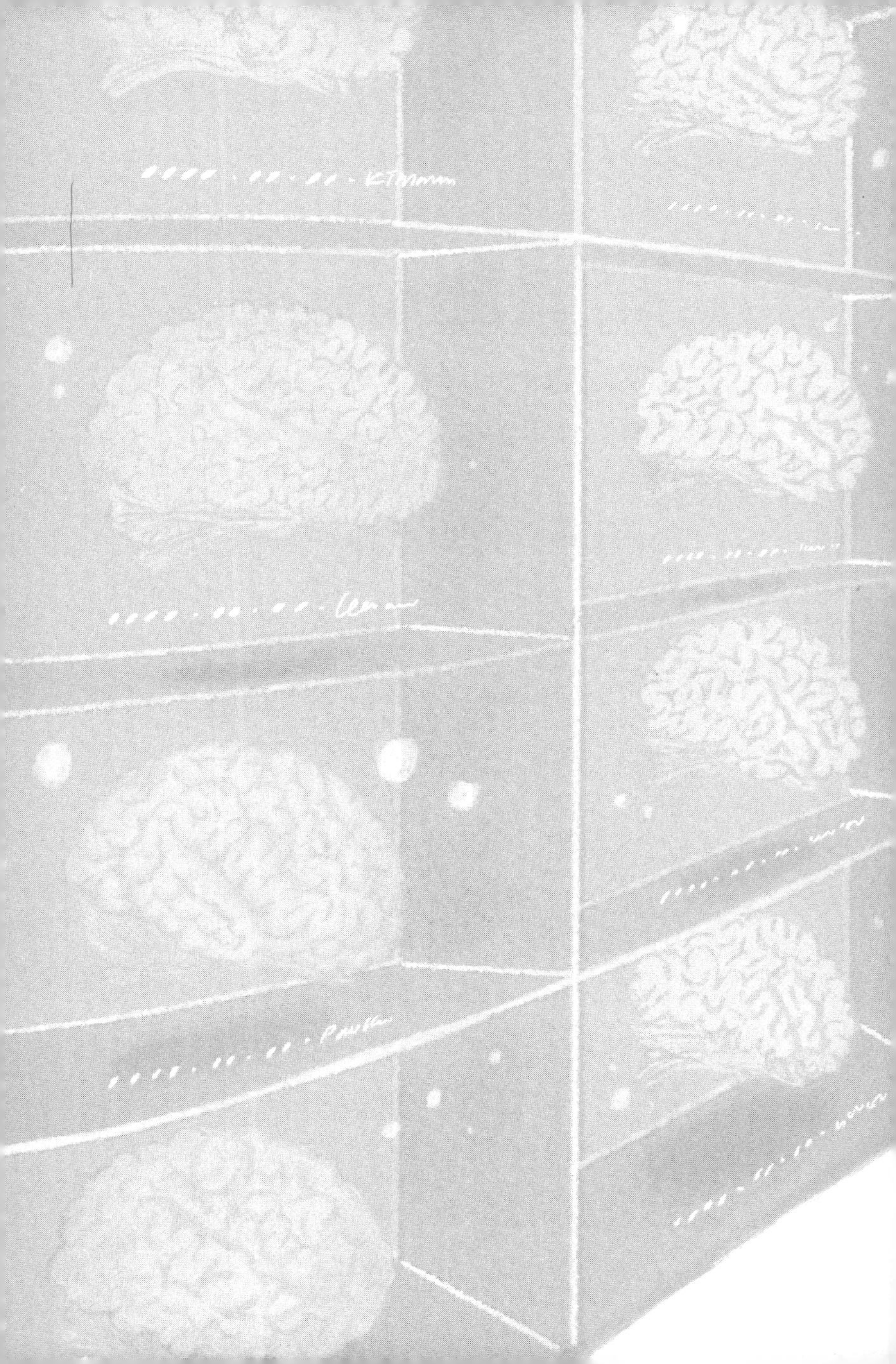

목차

이제부터 이 몸으로

두 줄로 나열된 얼굴들은 죄다 밋밋하기 짝이 없었다. 차라리 휴봇테크 로고가 제일 화려했다. A4용지 한 장이 전부인 빈약한 카탈로그 속 사진들. 이 중에서 하나를 골라야 했다. 지금 나는 얼굴이 없으니까!

상담원이 서두르는 게 티가 나서 이게 꿈인지 생시인지 따져 볼 경황도 없었다. 그래, 일단 생각은 나중에 하자. 뭘 골라야 할까. 엄마 생각을 먼저 들어 봐야겠지. 내 얼굴을 나보다 자주 보는 사람이니까.

엄마는 오래 고민했다. 죄다 비슷해 보이는데, 나와 가장 닮은 인상을 골라 보자며 연신 카탈로그를 뒤집었다. 그 바람에 빳빳하던 종이가 너덜너덜해졌다.

"진짜 몇 개 없네요. 다 우리 애랑 너무 다르고요."

엄마가 평소답지 않게 감정 실린 목소리로 말했다. 내가 아는 엄마 모습에 비추어 보자면 거의 절규 수준이다. 역시, 이거 꿈일지도?

"디럭스급으로 업그레이드하시면 원하는 외모로 디자인해 드립니다."

상담원은 친절하면서도 싹싹하지는 않은 말투로 대답했다. 이런 불만을 많이 접해 온 모양이었다.

나는 상담원 말에 귀가 솔깃했지만 엄마는 묵묵부답이었다. 알아요, 하지만 하지 않겠어요, 그런 뜻이겠지. 그건 디럭스급이라는 것이 너무 비싸서일 테고.

엄마의 눈에서 복잡하게 얽힌 감정을 읽을 수 있었다. 내 원래 모습과 똑같이 생긴 의체를 제작해 주지 못했다는 미안함, 내가 이런 일을 겪어야 하는 것에 대한 속상함, 내 생명 보험을 들 때 의체 보장 특약을 추가하자는 아빠의 말에 반대하지 않았던 것을 안심하는 한편, 보험료를 더 내서라도 고급형으로 가입하지 않은 것을 후회하는…….

그래서 그냥 골라 버렸다. 기준은 유사성이 아니라 미

적 관점이었다. 순위를 정하기 힘들었지만, 정말 아니다 싶은 것부터 빼 버리니 남는 게 지금 이 모델이었다.

"STF-17로 할게요."

얼굴 언저리에서 내 목소리가 흘러나왔다. 엄마는 떨떠름한 반응이었다. 하긴, 내가 뭘 골랐어도 그랬겠지만.

상담원이 어디론가 전화를 걸었다. 내게 얼굴을 달아줄 엔지니어가 곧 올 거라고 했다. 엄마는 상담원에게 보증기간과 수리비에 관해 자세히 물었다. 두 사람이 나한테서 관심을 거두자, 나는 비로소 내게 일어난 일을 곱씹어 볼 수 있었다.

나는 한 시간 전까지만 해도 푸른 바닷속에 있었다. 그게 나의 무의식이었다는 사실을 깨달은 건 바다에서 건져진 직후였다. 가장 먼저 마주친 것은 나를 뚫어져라 쳐다보고 있는 엄마의 눈이었다. 꼭 뭔가에 빙의된 사람처럼 낯설고 강렬한 눈빛이었다. 겨울 내내 사지를 옥죄던 통증이 사라졌다는 사실을 곧바로 알아차리지 못한 것은 그 때문이었다.

엄마는 끊임없이 내 이름을 부르고, 내 몸을 어루만지고, 내 기분을 물어봤다. 분명 다정했지만 어딘가 경직돼 보였다. 잠시 후 상담원이라는 사람이 나타나 떠드는 말을 듣고서야 왜 그런지 알았다. 나는 병에서 회복된 게 아니었다. 의체에 들어와 있었던 것이다! 정확히는 내 뇌와 의체가 무선으로 접속된 거지만 말이다.

처음 그 말을 들었을 때는 물론이고, 지금도 이게 현실이란 사실을 믿을 수가 없다. 의식 없이 누워 있었던 기간이 길었기에 더욱 그런가 보다. 다른 세계로 훌쩍 건너뛴 기분.

마지막 기억 속에서 나는 대학병원에 누워 있었다. 겨울이 다가올 무렵 골육종*을 진단받아 치료 중이었는데, 약이 잘 듣지 않아서 의사가 내 몸에 나노봇을 투여했다. 그래, 거기까진 기억난다. 그 후 일어난 일들은 전부 오늘에서야 들을 수 있었다.

나는 나노봇 투여 부작용으로 '사이토카인 방출 증후군'이란 것에 걸렸다고 한다. 도저히 손쓸 수 없을 만큼 온몸이 망가져 뇌만 꺼낸 후 몸은 태워 버렸다고. 다행히 뇌는 멀쩡해서 인공 뇌척수액에 넣어 놓고 계속 살 수 있다고 했다. 내 의식이 없는 동안 엄마가 그 뇌

---

* 뼈나 근육, 장기, 혈관 등의 인체 구성 조직에서 발생하는 암.

에 연결할 보급형 의체를 샀고, 방금 고른 게 그 몸에 부착할 얼굴이었다.

카탈로그에서 얼굴 사진을 짚을 때 썼던 손가락을 들어 찬찬히 살펴보았다. 실제 피부처럼 미세한 주름과 솜털이 나 있는, 하지만 어딘가 인공적인 윤기를 띠는 손가락을.

이게 내 몸이 아니란 느낌 같은 건 없다. 원하는 대로 움직이고, 보이는 것과 들리는 것 모두 익숙하고, 물건을 만질 때 감촉도 잘 느껴진다. 다만 보급형이다 보니 통증은 못 느낀다. 예를 들면 뾰족한 것에 찔렸을 때 그걸 감지할 수는 있어도 아프지는 않단다. 온도도 느끼지 못해서 시야 한구석에 상태가 표시된다. 그 글자들이 꽤나 거슬리는데 상담원 말로는 금방 적응할 거라고 했다.

현실감이 더욱 강하게 덮쳐 왔다. '믿을 수 없어' 에서 '믿어야만 해' 로 마음을 고쳐먹어야 했다. 하지만 마음먹는 게 맘대로 되나? 어떡해야 현실을 직시할 수 있을까? 좋아, 날 이렇게 만든 사이토카인 방출 증후군이 도대체 무엇인지부터 알아보는 거다.

검색해 보려고 휴대폰을 켜니 부재중 전화가 스물아

홉 통, 미확인 메시지는 서른네 통이나 쌓여 있었다. 내가 이렇게 인기가 많았나? 내심 놀랐지만, 일단은 바쁘니 패스.

검색 결과는 이랬다. '고열, 호흡 곤란, 의식 저하, 다발성 장기 부전으로 이어짐. 염증이 빠르고 광범위하게 퍼짐.' 발병 원인은 한국말인데도 무슨 소린지 모르겠고, 결과는 온몸의 세포가 곪아 터졌다는 얘기였다.

의식을 잃었기에 망정이지 깨어 있었으면 얼마나 아팠을까? 이제는 아픔 따위 느끼지 못하겠지. 적어도 보급형 의체를 사용하는 동안은 그럴 거다. 정말 꿈도 꿀 수 없었던 일이다.

그때 엔지니어가 도착해 익숙한 듯 작업을 준비했다. 얼굴을 붙이는 작업은 간단하면서도 소름 끼쳤다. 의체의 얼굴 부분에 붙어 있던 덮개 가장자리를 따라 몇 군데를 꾹꾹 누르자 덮개가 뚝 떨어져 나갔다. 덮개는 눈과 입이 있어야 할 자리에 그저 구멍이 뻥 뚫린 플라스틱 판때기였다. 엄마가 날 이상한 눈빛으로 보던 것도 무리는 아니었다.

엔지니어는 상자에서 꺼낸 새 얼굴을 나의 벌거벗겨진

얼굴 자리에 갖다 끼웠다. 이제 이 불편한 곳을 떠나 집에 갈 수 있겠다고 생각했지만, 그건 내 착각이었다. 엔지니어가 테스트할 게 있다며 태블릿 PC로 뭔가를 조작하기 시작한 거다. 나는 내 의지와 상관없이 미간을 찡그리고, 눈을 깜빡인 다음, 코를 실룩거리더니, 입술을 삐죽 내밀다 말고 함박웃음을 지었다. 그만 좀 하라고 소리 지르기 직전에야 테스트는 겨우 끝이 났다.

엄마가 기분이 어떠냐고 물었다.

"괜찮은 듯?"

얼굴이 굉장히 신경 쓰였지만, 어쨌거나 다 끝났으니까. 그리고 아프지 않으니까. 안 아픈 게 최고다. 아프면 수영을 못 하고, 그러면 사는 게 즐겁지 않다.

"거울 한번 볼래?"

상담원이 나를 전신 거울로 데려갔다. 나는 옷가게에서 막 새 옷을 갈아입고 나온 사람처럼 기대와 걱정이 반반 섞인 기분으로 거울 앞에 섰다.

거울 속 아이는 흐릿한 인상이었다. 어디선가 본 듯하면서도 낯설고, 예쁘지도 밉지도 않은, 종일 마주 앉아 수다를 떨다가도 뒤돌아서면 잊어버릴 것 같은 얼굴.

난 원래 눈이 작고 코가 펑퍼짐하고 입술이 두꺼웠다. 그런데 이런 수수한 얼굴이 되다니. 성형했다 쳐 보려 해도 원래 얼굴과 너무 다르다.

몸은 어떤지 볼까? 키는 160센티미터. 몸무게는 50킬로그램 정도 되려나. 아니, 100킬로그램이 넘는다고! 관절 속의 모터들과 배 속의 배터리 때문이란다. 키가 작아지고, 어깨가 좁아졌구나. 길쭉한 팔다리여, 안녕. 우람하던 어깨도 안녕. 나 좋아해야 하니, 슬퍼해야 하니?

좋든 싫든 이제부터 이 몸으로 살아야 한다. 언젠가 의체를 교체할 수도 있겠지만, 원래 내 몸을 되찾을 순 없다. 영원히. 갑자기 밤하늘을 올려다볼 때처럼 아득한 기분이 들더니 심장이 빠근해졌다. 잠깐, 난 심장이 없는데? 아무튼, 그만큼 막막하단 거다. 난 의체로 살 준비가 전혀 되지 않았다. 당연하지. 겨우 한 시간 전에야 이 상황을 알게 됐는걸. 거울을 보고 나서야 이 모든 게 진짜일지도 모른다는 생각이 들었다고.

거울에 비친 내 모습은 아무리 봐도 익숙해지지 않을 것 같았다. 하지만 이 얼굴을 고른 사람은 나뿐이 아닐 테다. 내가 모르는 누군가는 벌써 이 얼굴에 적응했겠지.

"이렇게 생긴 애가 몇 명이나 있는 거죠?"

내 물음에 상담원이 꼭 기계처럼 대답했다.

"전 세계적으로는 2023만 명, 대한민국에서는 5만 1300명, 강원도 1067명, 원주시 29명, 무실동에서는 너 하나뿐이야."

그 정도면 나쁘지 않다는 생각과 함께 약간의 안도감이 들었다. 어차피 내 일상은 집, 학교, 집, 학교니까. 그럼 한번 웃어 볼까? 오, 꽤 자연스럽네?

나한테서 눈을 떼지 못하던 엄마의 얼굴이 환해졌다. 마음이 한결 편안해졌다. 내가 아프면서부터 엄마가 얼마나 마음고생이 심했는지 아니까. 자, 과거는 뒤로 하고 일상으로 돌진하자! 그래야 이 몸에 빨리 적응할 수 있겠지? 몸이 근질근질했다. 얼른 물속으로 뛰어들고 싶었다. 벌써 한 달 넘게 수영을 못 했다. 나는 한껏 들뜬 얼굴로 엄마를 보며 말했다.

"학교에선 동계훈련 하고 있겠지?"

이제 몇 달 뒤면 전국체전 도 선발전이 열리니까 말이다. 작년 체전에선 동메달을 하나 땄으니 올해는 은메달 두 개, 내년에는 금메달을 세 개 따는 게 내 목표였다. 그런데 엄마의 얼굴이 어두웠다.

“뭔데? 수영장에 폭탄이라도 떨어졌어?”

내 물음에 반응한 사람은 상담원이었다.

“다미 친구, 중요한 거야, 잘 들어.”

우리가 언제부터 친구였지? 어쨌든 나는 귀를 쫑긋 세웠다.

“다미 친구는 물에 들어가면 안 돼. 고장 나거든.”

그게 무슨 오리발 쌈 싸 먹는 소리? 저기요, 난 물속에서 더욱 쌩쌩한 인간 물개 최다미라고요! 나는 상담원을 빤히 바라봤다. ‘푸하! 농담이었어!’ 그렇게 말하길 기다렸다. 그때 상담원이 내 등허리를 톡톡 두드렸다. 그 감촉이 너무나도 선명하게 느껴졌다.

“여기, 충전 단자 있거든. 이쪽에 물 들어가면 큰일 나. 알겠지?”

농담이 아니다. 진짜다. 나는 그대로 굳어 버리고 말았다. 몇 초가 흐르는 동안, 엄마는 곤란한 표정만 지을 뿐 아무 말이 없었다. 나는 비명을 질렀다. 그 와중에 새삼스레 깨달았다. 모든 게 바뀌어 버린 이 몸 안에서, 목소리만은 여전히 내 것이란 걸.

그래, 난 로봇인걸

대전을 출발한 이후로, 차 안 공기는 내내 무겁고 조용했다.

"거짓말이지? 농담이지?"

나는 상담실에서 엄마를 붙들고 칭얼대다 결국엔 길길이 날뛰었다. 그러다 깜빡 정신이 나갔고 눈을 떠 보니 차 안이었다. 상담원이 내 의체를 꺼 버려서 엄마가 차에 싣고 다시 켠 거였다. 편리하기도 하지. 그래, 난 로봇인걸.

푸른 하늘, 따사로운 햇살, 앙상한 나무들, 휴봇테크, 상담원, 엄마, 내 몸, 이 고물차, 전부 싫었다. 딱 하나 위로가 되는 건 내가 그토록 싫어하는 레몬 향 차량용

방향제 냄새가 나지 않는다는 거. 난 이제 냄새도 못 맡고 맛도 못 느끼니까. 아, 당연히 먹거나 마실 수도 없다. 로봇 따위한텐 다 사치겠지.

맘속으로 허공에다 펀치를 날리는데 전화벨이 울렸다. 휴대폰 화면에 떠 있는 이름은 '♡우상궁♡'. 잠시 망설이다 시선을 다른 데로 돌려 버렸다. 이런 기분으로 통화했다가는 현지까지 싫어질 게 분명했다.

곧바로 메시지가 왔다. '아픈 건 좀 어때? 문병 가도 돼?' 안 돼! 이렇게 엉망인데 만나러 온다고? 하지만 답장을 보내면 다시 전화가 걸려 올 게 분명했다. 무시하고 화면을 끄기 무섭게 또 메시지가 왔다. '피곤하면 나중에 갈게. 연락 줘.'

미확인 메시지 서른네 통 중 스팸 메시지 세 통을 제외한 나머지는 모두 현지가 보낸 것이었다. '빨리 낫길 기도할게. 너 없는 수영장은 쓸쓸', '새로 온 감독 완전 재수탱! 빨리 와. 같이 씹을 사람 필요', '오늘부터 교회 다님. 기도하려고', '최장군! 골육종인지 고유종인지 화끈하게 무찔러 버려!', '토르분식 치즈떡볶이 개시! 개꿀맛!', '우리 집은 치즈파닭 개시! 이것도 졸맛탱! 퇴원

하면 내가 쏜다!'.

가슴이 뭉클해야 마땅한데도 난 무표정으로 메시지들을 들여다봤다. 친구? 수영? 떡볶이? 치킨? 다 무슨 소용일까, 나는 더 이상 내가 아닌데. 저 메시지들은 과거에 살았던 한때의 나에게 온 거다. 내가 로봇이 된 걸 알면 현지 너도 놀라 달아날걸?

엄마는 휴게소에 차를 세우고 밥을 먹으러 갔다. 그 사이, 나는 혼자서 밖을 돌아다녔다. 병실에만 있다가 일광욕을 하는 게 얼마 만인지 몰랐다.

사람들이 두꺼운 외투를 입고도 몸을 잔뜩 움츠린 채 돌아다니고 있었다. 문득 내가 뭔가를 놓쳤다는 생각이 들었다. 그제야 시야 구석 상태 창의 기온 정보가 보였다. '0.8℃'. 저 사람들, 추운가 보구나.

벤치에 앉았다. 따뜻한 것도 못 느끼면서, 볕을 쬐고 있으니 괜히 나른한 기분이 들었다. 사람들이 주변을 스쳐 갔다. 닭꼬치를 베어 무는 남자아이, 아이스크림을 핥는 연인들, 커피를 홀짝이는 아주머니…….

꿈결 같았다. 다들 행복해 보였다. 매운맛, 단맛, 쓴맛, 추위와 더위. 이제 나는 전혀 느낄 수 없는, 작지만 확실한 감각. 그로 인한 행복감.

나는 완전히 다른 사람, 아니 다른 존재가 됐다. 여긴 내가 있을 곳이 아니었다. 어쩌면 나는 어느 악랄한 신이 지구 근처를 날아가다 던져 버린 쓰레기일지도 모른다.

도대체 내가 무슨 죄를 지은 걸까? 골육종 진단을 받고도 해 보지 않은 생각이었다.

이제껏 살아오면서 저지른 잘못들을 떠올려 봤다. 수영장에서 놀다 집에 가서는 나머지 공부 하느라 늦었다고 거짓말한 것, 수영 대회 참가비 내려고 엄마 지갑에서 돈을 훔친 것, 기어이 수영을 하겠다고 고집을 부려서 엄마를 한숨짓게 한 것. 지금 내가 받는 벌에 비하면 그 어느 것도 한참은 사소해 보이는데.

속에서 뜨거운 덩어리가 치솟았다. 벌떡 일어나 성큼성큼 걷다가, 바닥에 발을 쿵쿵 굴렀다. 하지만 억울하고 분한 마음은 쉽게 풀리지 않았다. 그때 입을 쩍 벌리고 있는 쓰레기통이 눈에 들어왔다. 그 시커먼 구멍 속에서 뭔가가 날 부르는 것 같았다.

머릿속에 불꽃이 튀었다. 나는 쓰레기통을 힘껏 내리쳤다. 그러자 내 주먹이 닿은 자리가 우그러졌다. 이건 또 뭐야? 황당함과 민망함에 쓰레기통과 눈싸움을 벌이고 있는데, 엄마가 헐레벌떡 달려왔다.

"쓰레기통이 뭔 죄야. 이러지 말자."

"그럼 나는 무슨 죄를 지었는데?"

나도 모르게 가시 돋친 목소리가 나오고 주먹이 부들부들 떨렸다.

"최다미, 또 이러기야? 엄만 너 꺼 버리고 싶지 않은데. 엄마 혼자 옮기기 힘들거든."

"그냥 꺼 버려. 옮기기 힘들면 버리고 가든가!"

나는 옆에 놓인 계단을 상대로 발길질을 하다 결국 균형을 잃고 나자빠졌다. 그리고 일어날 생각도 않은 채 꽉 다문 잇새로 비명이 새어 나가도록 내버려 뒀다.

엄마는 내가 떼를 쓰거나 억지를 부릴 때면 언제나 그렇듯 가만히 서서 그저 바라보기만 했다. 그 방법은 늘 효과가 좋았다. 어느새 나도 제삼자의 시선으로 나 자신을 관찰하게 되니까. 그러다 보면 내 모습이 참 못났다는 생각이 들면서 얌전해진다. 하지만 이번은 다르다. 어차피 이 모습은 진짜 최다미도 아닌걸. 모든 게 엉망진창이었다. 울음이 터져 나왔지만, 눈물은 흐르지 않았다.

"최고다. 이젠 울 수도 없어."

어디서 들어 본 노래가 생각났다. 외로워도 슬퍼도 나는 안 울어. 아니, 나는 못 울어. 맥이 탁 풀려 버렸다. 하늘을 보고 누워 한숨을 토하자 엄마가 끙끙거리며 내 몸을 일으켰다.

"집에 가서 매뉴얼 좀 읽어 보자. 네 몸에 대해 알아야 할 게 많아."

"알아야 될 게 또 있어? 내가 못 하는 게 또 있냐고."

"엄마가 아는 것도 그게 다야."

"그럼 할 수 있는 건 뭔데?"

엄마는 두 손으로 내 얼굴을 어루만졌다. 손은 거칠었지만 손길은 부드러웠다.

"사는 거. 엄만 그것만 생각할 거야."

엄마가 나를 부둥켜안으며 말했다. 더 할 말이 있었던 것도 같은데 말문이 막혀 버렸다. 어색함에 눈만 굴리다 보니 상태창의 온도 정보가 눈에 들어왔다.

아, 나 지금 따뜻해졌구나.

엄마는 아파트 주차장에서 나를 내려 줬다.

“이런 날에도 일하러 가야 돼?”

“얼른 돈 모아서 의체 바꿔 줘야지. 수영할 수 있는 걸로.”

엄마가 식당으로 떠나고, 혼자 집으로 올라간 나는 어쩐지 집이 낯설어 한참을 서성였다. 그러다 새삼스레 아빠의 사진을 들여다보았다. 대회에서 곧잘 상을 타오던 아마추어 수영 선수, 나의 첫 수영 선생님, 7년 전 밤바다에서 자살 행각을 벌이던 연인을 구하고 세상을 떠난 의인. 아빠에 관한 것이라면 무엇이든 얘기할 수 있는데, 이상하게도 전혀 모르는 사람처럼 느껴졌다.

왜 이럴까? 모든 게 그대로인데. 몸만 바뀌었을 뿐인데. 아냐, 인생 전체가 바뀌어 버린 거야. 수영을 못 한다잖아. 맛있는 것도 못 먹는다잖아. 나는 이제 전기로 충전하는 로봇이니까.

거울을 찾아 윗옷을 들치고 등허리를 비춰 보니 충전기를 꽂는 단자가 뻥 뚫려 있었다. 그 구멍이 너무나 미웠다. 다 저것 때문인 것 같았다. 막아 버릴 수는 없을까?

문득 청무남고 장은결이 떠올랐다. 생각해 보니 그 애의 몸도 의체다. 중학교 때 추락 사고로 몸이 망가져 의체로 살게 됐다. 그런데도 수영을 했다. 그때는 별생각 없었는데 이제 보니 이상한 일이었다.

얼른 휴봇테크를 검색해 홈페이지에 접속했다. 의체의 종류와 등급은 다양했다. 미식가형, 정력가형 등등. 가격은 나와 있지 않았다. 차라리 다행이었다. 가격을 봤다가 숫자들이 벌이는 향연에 아찔해져 기절해 버렸을지도. 식탁이 네 개뿐인 조그만 가게에서 엄마가 하루 종일 해물탕을 팔아도 매달 손에 떨어지는 돈은 300만 원밖에 안 된다. 휴봇테크에서 전면 광고하는 의체들이 덜컥 지갑을 열 만한 물건들이 아니라는 사실은 굳이 묻지 않아도 알 수 있었다.

그중에서도 제일 비싸 보이는 건 휴봇테크가 가장 공들여 소개하고 있는 '게놈* 맞춤형' 등급이었다.

'휴봇테크의 최첨단 기술이 집약된 제품으로 고객의 게놈을 완벽하게 분석하고 의체 전환 전의 사진과 영상물을 참조해 원래의 얼굴과 체형, 그리고 유전 분석학적으로 구사할 수 있는 동작과 근력을 정확하게 구현

---

* Genom. 낱낱의 생물체 또는 한 개의 세포가 지닌 생명 현상을 유지하는 데 필요한 유전자의 총량.

해 드립니다. 프로 운동선수, 프로 무용수, 프로 연주자 등을 위한 주문 제작형 특별 등급입니다.'

사고 전 외모와 똑같은 걸 봐선 은결이 의체가 이 등급인 것 같았다. 내가 관심 가질 만한 물건은 아니었다. 난 프로 선수가 아니니까. 그래도 수영을 계속하려면 충전 단자가 없는 무선 충전 등급은 꼭 필요했다. 아무리 보급형이어도 방수 기능을 빼다니. 하긴, 샤워할 필요도 없는 의체에 뭐 하러 방수가 필요하겠어?

생각들이 맴을 돌며 골치가 아프더니 가슴이 막막하고 답답해졌다. 생각을 멈추고 이대로 증발해 버리고 싶었다. 방법은 하나뿐이었다.

휴봇테크 홈페이지에서 전원 끄는 방법을 알아냈다. 시야 구석에 떠 있는 목록을 순서대로 클릭하면 되는 거였다. 눈동자와 눈꺼풀을 움직여서 하는 건데 이마저도 쉽지가 않았다. 할 수 없이 휴대폰에 의체 구동 애플리케이션을 설치해 전원을 꺼 버렸다.

검푸른 파도가 넘실대며 덮쳐 왔다.

눈을 뜨자 앞에 엄마가 서 있었다. 창밖은 먹물을 뿌려 놓은 것처럼 새까맸고 거실엔 형광등 불빛이 환했다.

엄마는 이제 막 돌아온 듯 아까 옷차림 그대로였다.

"컴컴하게 해 놓고 우뚝 서 있어서 기절할 뻔했다. 전원은 왜 껐어?"

"아무 생각도 하기 싫어서."

엄마의 눈동자에 안쓰러워하는 기색이 스쳤다. 아빠가 세상을 떠난 후 엄마는 한동안 날 저렇게 쳐다봤었다.

"복잡하게 생각할 게 뭐 있어? 당분간은 공부 좀 하다가, 의체 바꾸면……."

엄마의 표정은 짐짓 쾌활했지만 눈 밑의 다크서클만 도드라지게 할 뿐이었다. 순간 울컥하고 말았다.

"그게 도대체 언젠데? 다른 애들은 전국체전 나가고 올림픽 나가고 하는데, 나는 공부만 하면서 감 다 떨어뜨리라고?"

엄마가 웃음기를 거뒀다.

"미안하다. 아빠가 고급형으로 들자 할 때 말 들을 걸. 그래도 이제 일 늘릴 거니까……."

엄마의 다음 말은 들리지 않았다. 머릿속에 뭔가가 떠올라서였다.

"보험 다시 들면 안 돼? 고급형으로."

고개 젓는 엄마의 얼굴이 슬퍼 보였다. 아빠 사진을 볼 때마다 짓는 표정이었다.

“못 들어. 손해 보험만 들 수 있는데, 고급형으로 보장해 주는 건 없더라고.”

발밑이 쑥 꺼지는 기분이었다.

“난 이제 사람 아니라 이거지? 로봇이니까 생명 보험 대신 손해 보험 들어야 된다?”

“징징거리는 거 보니 사람인 것 같은데. 엄만 너 같은 로봇 못 봤거든.”

엄만 웃어 보였지만 나는 입술만 잔뜩 내민 채 대꾸하지 않았다.

“수영 못 하면 어때. 공부해서 대학 가면 되지.”

엄마가 장담하듯 말했지만 귀에 들어오지 않았다.

“엄만 내가 이렇게 돼서 좋지?”

“뭐어?”

엄마가 눈을 크게 떴지만 나는 멈추지 않았다. 내가 괴롭고 힘든 만큼 다른 누군가도 상처받길 원했다. 그게 내가 세상에서 제일 사랑하는 엄마여도 상관없었다.

“나 수영하는 거 부담스러워했잖아. 수영해서 어떻게

먹고살지 걱정이라고. 메달 못 따면 체육관 강사나 하고 산다면서 이모한테 하소연했었잖아."

4년 전, 나는 수영부로 유명한 원주 청무여중으로 전학을 보내 달라며 한창 엄마를 졸랐었다. 그때 엄마가 늦은 밤 이모와 통화하면서 늘어놓은 넋두리를 나는 다 들었으면서도 모른 척했다. 결국 엄만 내 소원을 들어주겠다며 짐을 쌌고, 난 그 일을 기억 한구석에 밀어놓고 있다가 기다린 듯 지금에서야 끄집어낸 것이다.

"잘됐지? 이 몸으로는 이제 수영도 못 하고 뭘 먹을 필요도 없으니까."

"들었었구나."

엄마가 입술을 꼭 다물었다. 울음을 참는 것처럼 보였다. 아빠의 사망 소식을 듣고 나서 울던 모습이 겹쳐 보여 마음이 쓰였지만, 후련한 느낌이 더 컸다.

"미안해, 우리 딸."

평소답지 않게 다정한 엄마 목소리에 온몸이 모래처럼 부서져 내리는 기분이었다. 원래의 최다미라면 이때쯤엔 엄마를 끌어안고 울어야 했다. 하지만 지금은 그러고 싶지 않았다. 누군가가 커다란 불쏘시개로 내 속을 쑤셔 대고 있었고, 펑펑 튀어 오르는 이 불덩어리를 하얗게 태워 버린 뒤 찾아오는 개운함을 맛보고 싶었다.

"엄마 딸 맞아? 이런 깡통 로봇 덩어리가 어떻게 엄마 딸이야?"

맞받아치길 바라며 한 번 더 악을 썼지만 엄마는 잘 자라는 말만 남기고 방으로 들어갔다. 엄마를 붙잡고 싶었다. 여기서 그만두면 안 되는 거잖아. '최다미, 어떻게 엄마한테 그런 말을 해? 너 수영시키려고 집도 가게도 다 팔고 아는 사람 하나 없는 동네로 이사 왔는데. 18평짜리 월셋집 전전하고 코딱지만 한 해물탕집에 밤낮으로 매달려 사는 게 누구 때문인데!' 나한테 소리라도 질러야 공평하잖아.

한참을 기다렸지만 엄마는 방 밖으로 나오지 않았다. 코 고는 소리도 들려오지 않았다. 엄마가 잠들지 못하고 있다는 증거였다. 더 이상 거실에 서 있을 수가 없었다.

도망치듯 내 방으로 들어와 무심코 휴대폰을 들다 멈칫했다. 현지한테 이런 얘길 해도 될까? 내 기분을 이해해 줄까? 이해한다고 하겠지. 불쌍하다고 하겠지. 하지만 나는 구차한 사정을 설명하기도, 동정받기도 싫었다. 공감을 구걸하는 거지가 되는 것 같아 끔찍했다. 그런 생각에 사로잡히니 내가 정말로 불쌍한 애처럼 느껴졌다. 그러자 현지와도 전처럼 지낼 수 없겠다는 생각이 들었다. 나를 어떻게 대해야 할지 몰라 당황하는 현지를 보고 싶지 않았다. 나는 내 가장 친한 친구를, 인생에서 지우기로 마음먹었다.

이렇게 울고 싶은 기분인데 눈물은 한 방울도 흘릴 수 없다니. 이러다간 진짜로 미쳐 버릴지도 모른다. 밤새 침대 위를 구르던 나는 결국 배터리가 다 닳고 나서야 움직임을 멈출 수 있었다.

달램을 받아야 할 사람은

'우리 딸 잘 다녀와. 화이팅!'

식탁에 놓인 쪽지와 용돈을 바라보며 짧은 한숨을 쉬었다. 새 학년의 첫날 아침. 내가 의체로 생활한 지도 벌써 한 달이 지났다.

내가 엄마에게 모진 말을 뱉은 그날 이후, 엄마는 마치 아무 일도 없었다는 듯 태연히 나를 대했다. 우리 다툼은 늘 그런 식으로 마무리되었기에 나도 애써 무심하게 엄마를 대했다.

안방에서 코 고는 소리가 들려왔다. 엄마는 어제도 밤늦게, 아니 오늘도 새벽에 들어온 모양이었다. 원래는 11시쯤 닫던 식당을 엄마는 요즘 새벽 2시까지 하고 있었다. 세 시간 더 문 연다고 얼마나 더 벌지 모르겠지만 그게 엄마가 할 수 있는 최선이었다. 다시 한번 쪽지를 내려다봤다. 내가 할 수 있는 최선은, 일단 학교에 가는 것이었다.

원래보다 두 치수 작은 교복을 입고, 한없이 가라앉는 기분을 추스르며 학교로 향하는 골목길을 걸었다. 재잘재잘 깔깔거리며 지나쳐 가는 아이들 틈에서 억지로 떠밀려 가는 기분이었다.

나를 학교에 다니게 한 원동력이었던 수영과 현지, 둘 다를 잃었다. 아무런 재미도, 의미도 없이 집과 학교를 오가게 된 나는 빈 깡통이나 마찬가지였다. 육체적 죽음은 피했지만 사회적 죽음은 피하지 못했구나. 하지만 나는 오히려 그걸 이용해 보려고 한다. 최다미와 동명이인인 전학생. 즉, 내게 새 신분을 주는 거다!

2학년 7반 문 앞에 섰다. 7반이라, 올해는 좀 운이 좋으려나. 실없는 생각을 하며 우울과 긴장을 떨치려 애썼다. 곧 조례 시간이었지만 선뜻 문턱을 넘을 수가 없었다. 교실 안은 서로를 탐색하는 아이들로 바글거렸다. 다들 날 알아보고 놀라면 어쩌지. 어휴, 바보니? 완전 그 반대겠지.

"저기……."

그때 누가 내 뒤통수에 대고 말했다. 흠칫하며 돌아서다가, 나는 그대로 얼어붙고 말았다. 어색한 미소를 지으며 서 있는 건, 바로 현지였다.

"미안, 좀 비켜 줬으면 해서……."

나는 현지의 존재에 놀랐다가 이내 현지의 표정에서 당황스러움을 느꼈다. 그러다 떠올렸다. 현지가 낯가림이 심한 애란 걸. 날 못 알아보니 그런 표정을 짓는 게 당연했다.

내가 굳어 있는 사이, 현지가 교실로 들어가 빈자리에 책가방을 올려놓았다. 뭐야, 너 우리 반이니? 하긴, 방학 내내 현지의 연락을 무시했으니, 우리가 같은 반이 됐다는 사실을 알았을 리가.

현지는 책상 옆에 선 채로 목을 빼고 주위를 두리번거리기 시작했다. 아는 얼굴을 찾는 걸까? 가슴이 뜨끔했다. '나 여기 있어, 친구야!' 외치고 싶은 걸 겨우 참았다. 미안해서 어떡하지. 전학 갔다고 거짓말이라도 할 걸 그랬나? 내 생각만 하느라고, 나를 걱정했을 현지의 마음은 까맣게 무시하고 있었다. 어휴, 명찰 안 달고 오길 잘했다. 내가 누군지 알면 얼마나 서운해할까.

나는 마음을 다잡았다. '전학생 작전'을 무조건 성공시켜야만 한다.

일단 현지와 최대한 멀리 떨어진 자리를 골라 앉았다. 담임 선생님이 들어와 자신을 소개한 뒤 출석을 부르기 시작했다. 이윽고 내 이름이 불렸다. 최대한 다른 목소리로 대답하고는 현지 쪽을 쳐다보지 않으려 애쓰고 있는데, 선생님이 말을 붙였다.

"다미, 잠깐 일어나 볼까?"

왜? 전학생 행세를 도와주기라도 하시려고? 따로 말을 맞춘 적도 없는데 왜 이러실까? 얼떨떨한 마음으로 미적거리며 일어서자 선생님의 말이 이어졌다.

"여러분, 모두 우리 청무여고 수영부 에이스 최다미를 알고 있지? 다미가 겨우내 많이 아팠다가 우리 곁으로 돌아왔다. 안타깝게도 병마를 극복하진 못했지만, 불행 중 다행으로 의체로 전환했다고 한다. 아직 불편한 게 많을 테니 따뜻하게 배려해 주길 바란다."

심장이 벌렁거리고 귀가 달아올랐다. 물론 실제로는

아니었겠지만, 그렇게 느껴졌다. 놀라움과 의심을 담은 탄성이 여기저기서 터져 나왔다.

"쟤가 다미라고?"

"대박! 바로 옆에 있는데도 몰랐어!"

전학생 작전은 시작도 못 해 보고 허무하게 끝나 버렸다. 나는 속으로 선생님에게 저주를 퍼붓고는 슬쩍 현지를 돌아봤다. 현지는 입을 헤벌린 채 동그란 눈으로 나를 쳐다보고 있었다. 나는 고개를 푹 숙였다.

조례가 끝났다. 나는 아이들이 내 자리로 우르르 몰려와서 떠들 줄 알았다. '진짜 다미 맞아?', '성형한 것 같아!', '머릿결 짱이다', '피부 봐 봐! 완전 도자기, 개 부럽!', '눈 커진 거 봐!', '헐, 어깨 어디로 갔냐? 뼈만 남았네!'. 차라리 그래 줬다면 일종의 통과 의례라 여기고 넘어갔을 텐데, 내가 자기들을 잡아먹기라도 할 줄 아는 걸까? 아이들은 저들끼리 속닥대며 내 쪽을 힐끔거리기만 했다. 다닥다닥 은밀하게 들러붙는 시선들. 젠장, 담임 때문에 이게 뭐야. 난 내가 의체란 사실을 밝힐 생각이 없었다고!

은결이가 의체로 나타났을 때, 애들이 뒤에서 뭐라고

수군댔는지 나는 아주 잘 알고 있다. 나도 그중 하나였으니까. '저거 전부 모터로 움직이는 거라며?', '뇌는 저 안에 있나?', '눈알 돌아가는 것 봐. 솔까, 좀 징그럽지 않냐?', '똥 안 싸도 되는 건 편하겠다', '나도 의체 되고 싶다, 생리 안 하게'.

그런 말들이 환청처럼 들려오기 시작했다. 서서히 분노가 타오르며 우울한 기분이 저만치 달아났다. 뚜껑이 휙 열려 날아가는 기분을 느끼며 벌떡 일어섰다.

'담임 말 못 들었어? 따뜻한 배려! 무슨 말인지 몰라?'

이렇게 외치는 상상을 했다. 그랬다면 애들이 '오오! 최장군! 목소리는 그대로야!'라며 환호했을까? 아니, 전혀. 나만 미친년, 아니 미친 로봇 취급받겠지.

숨통이 조여 오는 기분이었다. 아이들의 시선을 피해 고개를 돌리자 교실 뒤에서 현지가 우두커니 서서 나를 바라보고 있었다. 나는 현지를 데리고 복도로 나갔다.

무슨 말을 어떻게 해야 하나 걱정이었는데 막상 마음을 먹으니 말이 술술 나왔다. 이런 게 친구란 건가 보다. 천만다행으로 현지는 날 내치지 않았다. 현지가 날 징그러워하거나 불쌍해할 거라고 지레짐작한 내가 어리

석었다. 자초지종을 설명하자 현지의 굳은 얼굴도 조금씩 풀렸다.

"그냥 다 털어놓지 그랬어. 어색하긴 하지만, 이상하진 않은데."

"미안."

현지는 다시 부루퉁해졌다.

"진짜 너무했어. 하도 답장이 없어서 난 네가……."

"죽은 줄 알았어?"

현지가 눈물을 글썽이며 고개를 끄덕였다. 나는 현지의 어깨를 꾹꾹 주물렀다.

"우상궁! 내가 그댈 두고 먼저 갈 리가 없잖소!"

현지가 피식했다.

"노잼. 최다미 맞네."

우리는 쉬는 시간마다 대화를 이어 갔다. 애들이 훔쳐 듣고 있다는 걸 알고 있었지만 봇물 터진 듯 쏟아져 나오는 이야기를 멈출 수가 없었다. 아침의 우울한 기분은 눈 녹듯 사라지고, 아무려면 어떠랴 싶었다. 고맙게도 현지는 연신 고개를 끄덕이며 귀를 기울여 줬다. 나는 내가 그동안 얼마나 외로웠는지, 얼마나 위로받고 싫었는지, 얼마나 현지를 그리워했는지를 깨달았다.

그런데 현지는 마냥 반갑기만 한 건 아닌 것 같았다. 내가 처음 의체에 접속했을 때 엄마가 그랬던 것처럼, 나를 관찰하는 눈빛이었다. 빤히 바라보다 눈이 마주치면 황급히 시선을 피하기도 하고, 말이 점점 짧아지더니, 웃는 것도 어색해졌다.

아직도 서운한 걸까? 내가 낯설어서 그런 걸까? 그래, 결국은 이렇게 되는구나. 너도 이런 날 보며 맘이 복잡하겠지. 그래도 나만큼은 아닐걸. 난 아직도 거울 볼 때마다 저게 누군가 싶어서 깜짝깜짝 놀란다고.

너는 낯선 나에게, 나는 날 낯설어하는 너에게 적응하려면 시간이 필요하겠지. 우리에겐 각자가 감당해야 할 몫이 있어. 내가 널 달래 줘야 할까? 글쎄, 달램을 받아야 할 사람은 나인 것 같은데.

그렇게 현지의 눈치를 보고, 속으로 변명을 늘어놓고, 그 와중에 다른 애들한테서 느껴지는 관심을 애써 모른 체하다 보니 점점 지쳐만 갔다. 수업을 다 마칠 때쯤에는 빨리 집에 가고 싶다는 생각만 들고, 현지와 같은 반이 된 게 버겁게 느껴지기까지 했다.

현지는 수영 연습 전에 시간이 빈다며 학교 앞 카페에 가자고 했다. 하지만 난 먹지도 못하는 음식을 눈앞에 두고 앉아 있기 싫었다. 그곳에서 청무남고 애들의 주목을 받게 될까 봐 두렵기도 했다. 인터넷에 흔히 올라오는, 여자 사이보그와 섹스봇을 비교하는 글 속의 주인공이 되고 싶진 않았다. 그런 경험은 점심시간 급식실에서 전교생의 관심을 사로잡은 걸로도 충분했다.

"그럼 공원 갈까?"

"나중에. 너무 피곤해."

현지를 보내고 집에 오니 양말을 벗을 기운조차 없었다. 한바탕 홍역을 치른다는 게 딱 이런 거였다. 갓 태어난 아기처럼 잠만 자고 싶었다. 바닥에 누워 멍하니 천장을 바라봤다. 오늘 있던 일들이 하늘을 떠가는 구름처럼 눈앞에 흘러갔다. 확실히 날 대하는 현지의 태도는 달라졌다. 안 그러면 사람이 아니라 부처님이겠지.

와락 죄책감이 들어서 그간 현지가 보낸 메시지들을 다시 하나씩 읽어 봤다. 비슷비슷한 내용이 이어지는 가운데 눈이 번쩍 뜨이는 게 있었다. '왜 이렇게 자꾸 눈에 들어올까? 걘 나한테 관심도 없는데. 사실 그

건 문제도 아냐. 그 앨 좋아해도 될지 모르겠어.'

현지가 이 얘길 하고 싶은 거였구나. 난 뭐가 그렇게 신나서 떠들어 댔을까? 내 얘기만 실컷 쏟아 놓고는 뒤도 안 보고 가 버리고. 나밖에 모르는 애로 보였겠지? 애들이 신기하게 쳐다보던 건 내가 의체라서가 아니라 단지 너무 말이 많아서였는지도.

머리를 쥐어뜯었다. 내가 너무 한심하게 느껴졌다. 내일부턴 정말 현지한테 잘해 줘야지. 나는 굳게 다짐했다.

이 정도면 폐차 수준

체육 시간이었다. 우리는 농구를 배웠고, 남고와 공용으로 쓰는 체육관 옆 수영장에서는 남학생들이 수영 수업을 듣고 있었다. 체육관과 수영장을 가르는 커다란 유리창 너머로 팔다리를 어설프게 허우적대며 물보라를 튀기는 모습이 우스꽝스러웠다.

남자애들의 몸매 품평을 즐기는 애들은 벌써 유리창 근처에 자리를 잡고 옹기종기 모여 있었다. 오늘의 주인공은 8번 레인을 독차지하고 있는 은결이였다. 은결이는 커다란 몸에 어울리지 않게 깃털처럼 사뿐히 입수하더니 굵고 긴 팔다리를 힘차게 움직이며 접영으로 나아갔다. 이쪽이나 저쪽이나 은결이한테 정신이 팔려 야단맞는 아이들이 한둘이 아니었다.

프린스. 은결이의 별명이었다. 잘 모르는 사람은 청무남고 수영부 에이스인 데다 잘생기기까지 한 권서호가 프린스 아니냐고 묻겠지만, 장은결이 프린스로 불리는 이유는 따로 있었다. 바로 은결이의 아버지 때문이었다. 그는 전 국가대표 수영 선수이자 올림픽 은메달리스트인 것으로도 모자라 잘나가는 사업가에, 청무재단 이사인 데다가 수영장 리모델링에도 크게 기여한 사람이었다.

은결인 농담하곤 했다. 청무고 수영장 레인 여덟 개 중 세 개는 자기 거라고. 하필 은결이는 그럴 소릴 밉지 않게 하는 매력의 소유자라, 이런저런 이유로 코치들에게 예쁨받고 있었다.

나는 내 뒷 번호인 최아영과 바운드 패스를 연습 중이었다. 그런데 자꾸만 공을 놓치고, 엉뚱한 방향으로 패스하기도 했다. 내 시선이 자꾸만 수영장 쪽으로 향했기 때문이다. 아영이가 찌푸린 얼굴로 뭔가를 쫑알대더니 내 옆으로 다가왔다.

"불공평하지. 누군 아빠 잘 만나서 수영장 전세 내고, 왕자 대접 받고. 아빠가 사이보그 대회까지 열어 주네."

그건 위로도 공감도 아니지 않니? 수영장에서 눈을 떼게 만드는 게 목적이라면 성공…… 잠깐!

"사이보그 대회?"

"몰랐어? 재네 아빠가 사이보그 전국체전 추진하고 있었잖아."

"알긴 했는데……."

관심은 없었다. 나랑 상관없는 문제였으니까. 하지만 이젠 상관있다.

"이번 체전부터 사이보그 경기 추가된다더라."

올가을에 열리는 전국체전은 여기 원주에서 개최한다. 온몸의 힘이 빠져나가는 느낌이었다. 내가 할 수 없는 게 또 늘어나다니. 그걸 코앞에서 봐야 한다니. 그때 손에 들려 있던 공에서 목소리가 들려왔다. '다시 생각해 봐. 네가 할 수 있는 건 무궁무진해.' 뭔가가 떠오른 나는 날아오를 듯 기분이 좋아졌다.

공을 한번 쓰다듬고는 작년에 배운 드리블을 해 봤다. 파운드, 크로스오버, 레그 스루, 인 앤 아웃……. 공이 손에 착착 붙었다. 오, 느낌 좋은데? 나는 스텝을 밟으며 몸을 휙휙 돌리기 시작했다. 공이 바닥을 치고 탄

력 있게 튀어 오르는 느낌, 두 발로 디딘 바닥의 감촉, 유연한 허리의 움직임. 감각이 점점 선명해졌다. 농구공이 내 몸의 일부처럼 느껴졌다. 아영이가 상기된 얼굴로 탄성을 질렀다.

"야, 진짜 잘한다!"

나는 휙 돌아 점프하며 공을 던졌다. 공이 포물선을 그리며 날아가 매끄럽게 골대를 통과했다. 선생님이 뭐라 소리쳤지만 관심 밖이었다. 나는 공과 하나가 되어 종횡무진 체육관을 누볐다. 슛을 성공시킬 때마다 체육관 곳곳에서 환호성이 터졌다.

상쾌했다. 비록 숨도 차지 않고 땀도 나지 않았지만 진정으로 살아 있는 느낌이 들었다. 이렇게 뛰어 본 게 언제였더라? 병원에선 누워만 있었고, 방학 동안에는 집 밖을 나간 적이 거의 없었지. 훌쩍 뛰어오르며 덩크슛을 성공시키자 아이들의 박수 소리와 함께 쉬는 시간 종이 울렸다.

"수업 끝! 다들 해산하고, 다미는 나 좀 보자."

체육 선생님이 다가오는 모습을 보고 정신이 번쩍 들었다. 내 기분에만 사로잡혀 수업을 망치다니! 꾸중을 들어 마땅했지만, 선생님은 의외의 얘기를 꺼냈다.

"들었다. 수영 못 하게 됐다고?"

"네."

"서운하겠다."

나는 어깨를 으쓱했다. 생각이 다른 곳으로 치닫고 있었다.

"다른 거 하면 되죠, 뭐. 선생님, 저 농구부 들고 싶어요. 저 하는 거 보셨죠? 지금부터 열심히 하면 전국체전 나갈 수 있을 것 같아요."

선생님이 곤란하다는 표정을 지었다.

"그게 있잖냐."

"역시 몇 달 만엔 좀 어렵겠죠? 그럼 내년을 노려 보면 어떨까요?"

"그게 아니라……."

선생님이 머리를 긁적였다.

"너는 선수 등록 자체를 할 수가 없게 돼 있어. 네 의체는 자연 인체보다 힘도 세고 빠르잖아. 그런 몸으로 출전하는 건 스포츠 정신에 위배된다는 거지."

그런 규정이 있다고? 대한체육회는 참으로 세심하고

공정하기도 하지. 나는 대한체육회 대변인처럼 구는 선생님을 노려봤다. 선생님은 어쩔 줄 몰라하며 나와 시선을 맞추지 못했다. 죄송스러운 마음이 들긴 했지만, 그렇다고 포기할 내가 아니었다.

"사이보그 전국체전 신설됐다면서요. 농구는 팀 경기니까 좀 늦은 것 같고, 육상은 어떨까요?"

선생님은 내 말을 예상이라도 했다는 듯 고개를 저었다.

"그것도 게놈 맞춤형 의체라야 돼. 그래야 원래 신체 기능을 가진 걸로 인정받아 출전할 수 있어. 보급형은 회사마다 사양이 달라서 공정한 경쟁이 안 되니까."

번개가 치듯, 휴봇테크 홈페이지에서 봤던 광고가 떠올랐다. 프로 어쩌고를 위한 주문 제작형 특별 등급. 이럴 때를 위한 제품이었던 거다!

"그딴 거지 같은 법이 어딨어요!"

나도 모르게 소리를 내질렀다. 선생님은 야단도 못 치고 쩔쩔매기만 했다.

"전환할 때 설명을 제대로 못 들었나 보네. 어떡한다, 아무튼 그래서 말인데, 서운해하지 말고 들어. 너는 보급형이잖냐. 실기 시험에서 네가 아무리 잘해도 말이야,

A는 줄 수가 없게 돼 있어. 교육법상…….”

커다란 못이 가슴 한복판을 뚫고 지나간 기분이었다. 얼굴이 울기 직전처럼 일그러졌지만 눈물은 나오지 않았다. 지금 내 모습이 얼마나 웃겨 보일까.

대답 없이 돌아서는데 수영장이 눈에 들어왔다. 정확히는 물을 뚝뚝 흘리며 걸어가는 은결이가. 수영장으로 돌진해 유리를 들이받고 싶었다. 나는 발걸음마다 분노와 절망을 담아 체육관을 빠져나왔다.

“많이 혼났어?”

체육관 입구에서 기다리던 현지가 내 어깨에 손을 올렸다.

“이따 얘기하자. 나 지금…….”

습관적으로 손을 들어 흔들었다. 그러다 현지와 부딪혔는데, 갑자기 현지가 짧은 비명을 지르고는 손목을 부여잡았다. 세게 부딪힌 모양이었다.

“어떡해. 괜찮아? 내가 미쳤나 봐.”

나는 발을 동동 굴렀다. 현지는 괜찮다고 얼버무리더니 양호실로 가 버려서는 수업이 다 끝나도록 돌아오지 않았다. 휴대폰은 꺼져 있었고, 그렇다 보니 메시지에도 답이 없었다. 나는 종일 전전긍긍하다 혹시나 하는 마음에 현지네 가게로 전화를 걸었다.

"네, 하니치킨 무실점입니다."

"안녕하세요, 어머니. 저 다민데요, 현지 전화가 꺼져 있어서요. 현지 집에 왔나요?"

"왔는데 방에 틀어박혀서 안 나오고 있어. 다미야, 현지 손목 어쩌다 이랬는지 혹시 아니?"

나는 당황해서 입만 뻐끔거렸다.

"운동하는 애 손목이 이렇게 돼서 어떡한다니. 어쩌다 그랬냐고 물어도 울기만 해. 대답도 안 하고."

평소 다정다감한 현지 어머니는 흥분해서인지 목소리가 거칠고 말이 빨랐다.

"그게…… 많이 다쳤나요?"

"금이 갔대, 금이! 당분간 운동하지 말래. 선발전도 못 나가게 생겼어!"

좀 세게 부딪힌 걸로 금이 가다니? 나는 너무 놀라 어버버하다가 전화를 끊었다.

밤새도록 악몽에 시달렸다. 팔다리가 무쇠봉으로 바뀌어서 내가 움직일 때마다 사람들이 그 팔다리에 부딪혀 흙덩이처럼 부서지는 꿈이었다.

다음 날 아침, 평소보다 일찍 일어난 엄마가 심각한 표정으로 나를 불렀다. 어제 학교로부터 전화를 받았다고 했다.

"네가 쿵쿵거려서 체육관 바닥이 망가졌다더라."

하, 진짜 욕밖에 안 나오네. 되는 일이 없다. 이 정도면 폐차 수준 아닌가?

"매뉴얼 안 읽어 봤지?"

"그딴 거 봐서 뭐 해."

"최다미, 네 몸은 달라졌어. 힘 조절하는 방법부터 배우자."

"진짜 이해가 안 돼. 생긴 건 평범인데 힘은 왜 이렇게 센 거야?"

"혹시 모를 사고 때문에 튼튼하게 만드느라 그렇다더라. 망가지면 수리비가 만만찮아서."

그놈의 돈, 돈, 돈…….

"도로 갖다주고 환불받아. 그 돈으로 새 인생 살고."

"그럴까? 이 나이에 새로울 게 있겠느냐만은……."

엄마의 대답은 늘 그렇듯 차분하고 무심했다. 그 태

연함이 나를 진정시키려는 노력이란 걸 알았지만 기분은 전혀 나아지지 않았다.

“그냥 죽게 내버려 두지. 그럼 이러고 살 필요도 없었는데.”

내 말이 끝나기 무섭게 집 안 가득 정적이 흘렀다. 고개를 들어 보니 엄마의 얼굴이 딱딱하게 굳어 있었다.

“죽는 게 뭔지 알고 그런 소릴 하는 거야?”

엄마의 목소리는 낮고 단단했다. 순간 가슴이 덜컥했다. 내가 넘지 말아야 할 선을 넘은 거다. 엄마가 진심으로 화났을 때만 들을 수 있는 목소리였다.

엄마의 저 목소리를 마지막으로 들은 것은 아빠의 장례식에서였다. 아빠가 구한 두 사람이 찾아와 시답잖은 위로를 건넸다. 우리 아빠는 영웅이라고, 하나의 목숨을 희생해 둘을 살렸다고, 덕분에 구원받았다고.

엄마는 코웃음을 치고 두 사람을 노려봤다. 그리고 조곤조곤 말하기 시작했다. 아주 낮은 목소리로.

“훨씬 더 간단한 방법도 많았어. 죽으려고 바다에 들어가? 그럼 살려 달라고 아우성치지 말았어야지. 너희는 구원받은 게 아냐. 같잖은 사랑을 증명하겠답시고

엉뚱한 사람을 죽게 만들었잖아. 너희는 지옥에 가게 될 거야.”

두 사람은 얼굴을 붉히며 황급히 도망쳤다.

그 이후로 엄마는 심각한 우울증에 시달렸고, 나는 엄마까지 잃을까 봐 늘 신경을 곤두세우고 있어야 했다. 물속에 있을 때만은 모든 근심을 잊을 수 있었지만, 엄마는 해변의 모래조차 못 밟게 했다. 나는 수업이 끝나면 동네 체육센터 수영장에서 한참 시간을 때우다 집으로 돌아갔다.

엄마도 나도 그때로 돌아간 것 같았다. 아니, 그때보다도 나빴다. 이제는 수영도 못 하게 되었으니까. 모든 게 엉망이었다. 물과 내가 한 덩어리가 되어 생각과 감정이 전부 사라지는 그 황홀감. 그걸 더 이상 느낄 수 없다.

진심으로 죽고 싶어졌다. 전원을 끌 때마다 찾아오는 검은 파도, 아빠의 영혼이 녹아 있는 바다, 그것이 죽음이라면 나쁘지 않겠지. 눈동자를 움직여 목록을 차례로 클릭했다. 파도 소리가 귓전을 때렸다.

우리 스스로 자랄 수는

현지는 오늘도 내게 아는 체를 하지 않았다. 100통도 넘는 메시지를 보냈지만 답이 없었다. 벌써 사흘째다. 아무리 삐쳐도 이틀을 넘긴 적이 없었는데. 서운해하지 말자, 서운해 말자. 그럴 자격이 내겐 없다. 나는 계속해서 속으로 되뇌었다. 현지는 팔을 다쳐 수영을 할 수 없게 됐다. 그리고 현지를 그렇게 만든 사람은 나다. 게다가 나는 방학 내내 현지를 투명인간 취급했다. 겨우 며칠 무시당했다고 억울해하면 안 된다. 그런 건 어린애들이나 하는 짓이다.

나는 아영이를 중심으로 한, 의체에 비상한 관심을 보이는 애들과 수다를 떨곤 했다. 하지만 그게 끝. 그 이상 가까워지기는 힘들었다. 학교 앞에 버거킹이 들어온다고? 누가 누구랑 사귀는데 누구한테 고백을 받았다고? 전부 나랑 무슨 상관이람? 남자애들이 나 같은 로봇한테 주는 관심이라곤 어디에 뭐가 달렸는지, 없는지, 그런 거 아닐까? 대학 입시도 막막하기만 했다. 난 하고 싶은 걸 잃어버렸으니까.

신학기 특유의 들뜬 분위기 속에서, 나는 나그네새가 잠깐 쉬다 똥을 갈기고 떠나는 외딴섬이 된 것 같았다. 차라리 폭풍우가 몰아쳤으면. 해일이라도 덮쳐 왔으면. 철썩이는 파도 소리에 차라리 귀가 멀어 버렸으면!

수업이 끝난 뒤, 발이 저절로 수영장으로 향했다. 여자 탈의실의 내 사물함은 그대로였다. 작년에 리모델링을 하면서 빈 사물함이 늘어난 덕분이었다. 나는 사물함 안 물건들을 하나하나 살피며 추억에 잠겨 있다가, 언제 처박아 놨는지도 모를 운동복 한 벌만 챙기고 나머지는 전부 쓰레기통에 던져 넣었다.

운동복으로 갈아입은 다음, 이젠 내게 기다래진 바짓단과 소맷부리를 둘둘 말아 올리고 탈의실을 빠져나왔다. 수영장에서는 아이들이 스트레칭을 하고 있었다. 4번 레인에서는 권서호가 물보라를 튀기며 맹연습 중이었고, 8번 레인의 장은결은 턱 밑에 공을 끼운 채로 물 위에 둥둥 떠 있었다. 배영 연습을 하는 건지, 노닥거리는 건지, 알 수 없는 짓이었다.

남자애들 몇 명이 나를 보고 고개를 갸웃하다가 여자애들이 뭐라고 귀띔하자 그제야 나를 향해 손을 흔들었다. 나는 어색하게 손을 흔들어 주고 8번 레인 쪽으로 가서 통유리 앞 벤치에 엉거주춤 앉았다. 애들이 연습하는 모습을 구경하다 갈 생각이었다. 물에 발만이라도 좀 담가 볼까 싶었지만 나에게 허락되지 않은 일 같았다.

그때 은결이가 얼굴을 내밀었다.

"다미, 오랜만!"

웬 친한 척? 우리 그런 사이 아니었잖아. 사이보그 클럽에 가입하신 것을 환영합니다, 뭐 이런 거냐? 나는 무심하게 고개만 까딱했다.

"하나도 안 변했네."

이 자식이 누굴 놀리나. 내가 노려보자 은결이가 빙긋 웃었다. 꼭 순박한 시골 청년 같았다.

"너 그 눈, 호랑이 눈. 눈빛이 그대로야."

"웃기지 마. 기계 눈인데 무슨."

"눈은 마음의 창이라잖아."

어이없다, 진짜. 피식 웃음이 나왔다. 능글맞음과 순수함 사이를 어지럽게 오가는 은결이에게 나쁜 감정을 오래 담고 있기는 힘들었다.

"왜 그렇게 앉아 있어. 와서 발이나 담가 봐."

내가 주변 눈치를 보며 머뭇거리자 은결이가 커다란 손으로 물을 탕탕 쳤다.

"걱정 마. 여기 8분의 3은 내 레인인 거 알잖아."

다시 한번 웃음이 터졌다. 뻔뻔한 거냐, 순진한 거냐? 어쨌든 고마웠다. 옷이 젖든 말든 수영장 가장자리에 앉아 두 발을 늘어뜨렸다. 집에서 대야에 물을 받고 발을 담근 것보다 훨씬 좋았다. 속이 탁 트이는 기분이었다.

"시원하지?"

은결이가 팔을 뻗으며 물을 촥 튕겼다.

"하지 마. 이 위에는 물 묻으면 안 된다고."

"이 정도는 괜찮을걸?"

은결이는 또 물을 튕겼다.

"그만하라니까!"

성질을 내긴 했지만 물방울이 달라붙는 감촉이 싫지 않았다. 여태까지 괜히 신경이 쓰여 물티슈로 닦기만 했기에 얼굴에 물방울이 흐르는 느낌은 정말 오랜만이었다. 허리를 굽혀 물속에 손끝을 넣어 보았다. 손가락 사이를 일렁이는 물결의 움직임에 절로 미소가 지어졌다.

"거봐, 좋지?"

갑자기 은결이가 내 팔을 확 잡아당겼다. 나는 물보라를 일으키며 물속으로 곤두박질치고 말았다. 장은결, 이 미친놈! 순간 짜증이 솟았지만 이내 풀려 버렸다. 내 안에서 감겨 있던 눈이 번쩍 뜨인 것이다. 다시금 깨어난 감각이었다. 오랜 연습으로 다져진, 본능과도 같은 것. 그것이 순식간에 나를 압도해 버렸다.

나는 좀 전까지 헤엄치던 사람처럼 재바르게 팔다리를 놀렸다. 물은 저항을 멈추고 내 몸을 따라 매끄럽게 흘렀다. 상쾌했다! 온몸에 힘이 넘쳤다. 암 진단을 받은 순간부터 지금까지 이렇게 기분 좋은 적이 있었을까! 나는 팔다리를 더욱 빠르게 움직였다. 몸이 무거워 그런지 점점 가라앉는 게 느껴졌다. 하지만 상관없다. 숨 쉴 필요가 없는 몸이니까. 프리다이빙한다고 치지 뭐.

그때였다. 어디선가 아빠의 목소리가 들렸다. '4분 지났다. 이제 올라가자, 다미야.' 순간, 눈앞이 깜깜해졌다.

우리 집 거실을 배경으로 엄마가 어른거렸다. 나는 휴봇테크에서 보내 온 임대용 의체에 접속돼 있었다. 내 의체는 침수된 부품을 분해해서 닦고 말리기 위해 휴봇테크에서 가져갔다고 했다. 욕실로 달려가 거울을 들여다보니 다행히 내가 고른 그 얼굴이었다.

"또 징징거릴까 봐 원래 얼굴로 해 달라고 했다."

원래 얼굴이라, 엄마는 이 얼굴에 익숙해진 걸까? 임대용 의체의 얼굴을 바꾸느라 추가 비용을 지급했겠지만 엄만 거기에 대해서는 말을 하지 않았다.

창밖이 캄캄했다. 시간이 꽤 지난 모양이었다. 야단칠 줄 알았는데 엄마는 나를 가만 쳐다보기만 했다. 죽게 내버려 두지 그랬냐며 엄마 앞에서 전원을 꺼 버렸던 날 이후로 처음 마주 보는 거였다. 엄만 내가 충전하는 새벽에 들어오고, 내가 학교 갈 때는 자고 있었으니까.

어떡하지? 미안하다고 해야 하나? 현지한테는 그게 잘 됐는데 엄마한텐 왜 잘 안 될까? 기나긴 침묵을 견디다 못해 내가 먼저 입을 열었다.

"일 안 나갔네?"

"너 왔대서 켜 주려고 왔어. 슬슬 다시 가야지."

내 뇌는 휴봇테크에 있는데 내가 왔다고 할 수 있나? 그런 생각이 들었지만 말로 꺼낼 분위기는 아니었다.

"수리비 많이 나오겠다."

"은결이란 친구네 아버지가 물어준대. 그 애가 다 자기 잘못이라고 하더라."

감탄이 나왔다. 은결이 녀석, 생각만큼 철딱서니는 아닌가 보군.

"많이 놀랐지?"

"별로. 한 번쯤은 이렇게 될 줄 알았나 봐."

힘없이 웃던 엄마가 긴 하품을 하고는 말을 이었다.

"커피 한잔 진하게 좀 타 줄래? 세수 좀 해야겠다."

나는 커피믹스 세 봉지를 뜯어 텀블러에 넣고 뜨거운 물을 부어 저은 다음 욕실에서 나온 엄마에게 건넸다.

"나도 같이 갈까?"

엄마의 얼굴에 희미한 웃음이 나타났다 사라졌다.

"손님도 별로 없는데 뭐 하러. 숙제나 하고 있어."

엄마는 마디마디가 뭉툭한 손으로 텀블러를 꼭 쥐고

밖으로 나갔다. 켜켜이 쌓인 피로에 등과 어깨를 제대로 펴지 못한 채로.

책상에 앉아 수학책을 펼쳤지만 눈에 들어오지 않았다. 유튜브를 켜고 강의를 보다 보니 추천 영상으로 눈길이 가며 절로 손가락이 움직였다. 다이버들이 군무를 추는 색색의 열대어 사이를 유영하는 영상이었다. 그대로 모니터 속으로 빨려 들어가고 싶었다. 물고기로 태어났으면 좋았을걸. 그럼 적어도 헤엄치다 죽었을 텐데.

다음날, 나는 막 수영복으로 갈아입고 나온 은결이 앞을 가로막았다.

"무슨 생각이었는지 말해 봐. 판결은 듣고 나서 내릴 테니."

은결이가 싱글거렸다.

"미안, 미안. 그래도 좋지 않았어? 구경만 하는 거 보니 짠해서. 무슨 심정인지 아니까. 같은 사이보그이자……, 수영인으로서 말이야."

수영인? 그 말을 들으니 기분이 조금 누그러졌다.

"솔직히 기분 좋긴 했어. 그래도 고맙단 말은 못 하겠다."

나는 슬쩍 웃다 말고 정색했다.

"근데 따지고 보면 '같은' 사이보그는 아니지. 은결이 넌 수영도 하고, 하고 싶은 거 다 하는데."

"아냐. 못 하는 거 많아."

은결이가 내 말을 자르더니 양손을 펼쳐서 들어 보였다. 손 하나가 웬만한 잡지 책 정도는 다 덮을 수 있는 크기였다.

"난 이 안에 갇혀 있어. 이 몸이 허락받은 것 말고는 못 해."

"무슨 소리야. 원래 네 몸처럼 만든 거잖아. 그러니까 선발전도 나가는 거고."

"그게 문제야. 유전자를 분석해서, 요 정도까진 할 수 있겠다, 딱 그 수준으로만 만들어 놓은 거지. 근데 생각해 봐. 자연 인체라면 죽어라 연습해서 신기록을 세우거나, 우유를 엄청 먹고 키가 왕창 커질지도 모르잖아? 하지만 이 몸으로는 그렇게 못 해."

나는 고개를 끄덕이고 있는 나를 발견했다. 은결이 말이 맞았다. 우린 몸만 잃어버린 게 아니다. '가능성'을 빼앗긴 거다. 아무리 유전자 맞춤형이라고 해도 휴봇테크가 계산한 추정값에 따라서만 교체될 뿐, 우리 스스로 자랄 수는 없다. 내가 느낀 암담함은 나 혼자만의 것이 아니었다. 그게 묘하게 기뻤다. 벼락같은 호통이 뒤통수에 내리꽂히기 전까지는.

“거기 둘! 몸 안 풀어? 누가 노가리 까래?”

처음 보는 중년 남자가 양옆에 코치들을 매달고 서 있었다. 쏘아보는 눈초리가 날카로웠다.

“이름 뭐야? 처음 보는 얼굴인데!”

남자의 목소리는 굴착기로 자갈을 파내듯 거칠었다. 여자 수영부 코치 선생님이 뭔가를 속닥대자 남자의 미간에 굵은 주름이 잡혔다.

“수영부도 아닌 애가 왜 들어와?”

그가 코치들에게 눈을 흡떴다.

“여기가 무슨 워터파크야? 개나 소나 들여보내게!”

수영부도 아닌 애가, 개나 소나. 두 구절이 귓구멍에 박혀 되풀이됐다. 주먹을 불끈 쥐고 나서려던 순간 은결이가 성큼 튀어 나갔다.

“제가 부탁해서 온 거예요. 자세 좀 봐 달라고요. 다미가 자유형만 잘한 게 아니거든요.”

남자의 얼굴에서 차가운 웃음이 나타났다 사라졌다.

"좋은 생각이구나. 잘해 봐라."

그렇게 말한 남자는 준비운동 중인 다른 애들 쪽으로 갔다. 허리에 손을 올리고 노려보는 폼이 먹잇감이 나타나는 즉시 찌르려고 촉수를 바짝 세운 괴수 같았다.

은결이가 내 어깨를 살짝 당기며 돌려세웠다.

"눈에 불 꺼라. 완전 이글이글해."

"새 감독이지? 너희 아빠가 부탁해서 왔다는."

"어, 화요일마다 와서 저 난리다. 쪽팔려 죽겠어."

'개나 소'라서 다행인 게 있었다. 바로 저 감독의 레이더망에서 벗어나 있다는 것. 그는 연습 시간 내내 아이들 하나하나를 향해, 심지어 코치들에게까지 꼬투리를 잡아 호통쳤다. 하지만 나와 은결이는 열외였다.

"감독도 코치도 사이보그 수영은 다르다고 생각하나 봐. 난 휴봇테크에서 알려 주는 게 더 많아."

은결이는 의체가 자연 인체의 무게 중심과 부력 중심을 어떻게 모사하고 있는지 설명했다. 듣고 있자니 신기하기도 하고 부럽기도 했다. 은결이가 내 얼굴을 빤히 바라보다가 다시 입을 뗐다.

“연습 끝나고 얘기 좀 할래? 부탁할 게 있어.”

“뭔데?”

은결이는 입에 지퍼 닫는 시늉을 하며 웃더니 풍덩 하고 물로 뛰어들었다.

나는 너한테, 너는 나한테

"우리, 몸을 바꿔 보지 않을래?"

연습이 끝난 후, 땅거미가 내려앉은 운동장을 단둘이 걸을 때였다.

"아빠가 체전 나가서 메달 따 오라는데, 나 이제 수영이라면 징글징글하거든."

걸음을 멈추고 은결이를 올려다봤다. 눈빛을 읽어 보려 했지만 어두워서 그러기가 힘들었다.

"진짜야. 아빠가 시켜서 억지로 하는 거야. 넌 아니지? 완전 목숨 걸었잖아."

틀린 말은 아니다. 수영 못 하게 된 걸 알고는 내 자아에게 사망 선고를 내렸으니까.

"그런 날 위해서 몸을 바꿔 주겠다?"

갑자기 뭔가가 떠올랐다. 재작년, 그러니까 은결이가 추락 사고를 당하기 전에 돌았던 소문이었다. 쇼핑몰에서 여자 속옷을 훔치다가 들켰다는 소문. 은결이가 매장을 빠져나오는데 경보가 울렸고, 직원이 그 애의 가방을 뒤지자 브래지어가 튀어나왔다. 그러자 얼굴이 벌게진 은결이가 가방을 그대로 두고 달아나는 걸 누군가가 목격했다고 했다.

"내가 무슨 부처님이냐? 그동안 못 해 본 것 좀 하고 싶어서 그래."

"못 해 본 거 뭐?"

"쇼핑, 게임, 친구도 만나고……."

은결이가 먼 곳을 바라봤다.

"엄마도 보고 싶어. 아빠가 못 만나게 하거든. 전화나 겨우 하고 살아."

목소리가 착 가라앉아 있었다. 은결이는 사고를 당한지 얼마 안 됐을 때 부모님이 이혼했다며, 엄마는 원주 시내 반대편에 혼자 살며 온라인 의류 쇼핑몰을 운영하고 있다고 했다. 은결이 어머니는 한때 꽤나 이름을 날린 패션모델이었고, 나도 그 사이트에서 옷을 구경해 본 적이 있었다.

"엄마가 기절 안 하시겠냐? 아들이 여자가 돼서 나타나면."

"전혀. 우리 엄마 되게 개방적이거든. 근데 어쩌다 아빠 같은 남자한테 넘어갔는지."

아버지 얘기를 할 때 은결이의 말투는 완전히 달라졌다. 자길 위해 수영장도 바꿔 주고, 전국체전도 열어 주고, 사고까지 수습해 주는 아버지가 뭐가 맘에 안 들어서 저러는 걸까? 철딱서니 없는 프린스 같으니. 그래서 여자 속옷을 훔친 거니? 변태 짓도 철딱서니 없는 짓의 카테고리에 들어가는 거야?

"몸 바꾸자는 거, 무슨 몰카 같은 거 찍으려고 그러는 거 아니지? 화장실이나 탈의실 그런 데서."

"뭐어?"

은결이가 펄쩍 뛰었다.

"날 뭘로 보는 거야?"

내가 기다렸다는 듯 속옷 사건을 얘기하자 은결이가 웃음을 터뜨렸다.

"아, 그거. 진짜 바보 같았어. 그거 훔친 거 아니야. 산 거야. 근데 직원이 도난 방지 태그 떼는 걸 까먹었나 봐. 안 그래도 막 삑삑거려서 당황했는데 그걸 딱 꺼내니까 다 나만 쳐다보잖아. 너무 쪽팔려서 나도 모르게 도망가게 되더라."

나는 눈을 가늘게 뜨고 쳐다봤다. 은결이의 변명이 이어졌다.

"진짜야. 나중에 전화도 왔다니까. 물건 찾아가라고."

"여자 속옷은 왜 샀는데?"

"누가 부탁해서."

"누구?"

"그런 애 있어. 집 밖으로 못 나오는."

"인터넷도 할 줄 모르나 봐?"

"걔가 사고 싶어 한 게 매장 전용 제품이라."

한 치의 망설임도 없이 술술 흘러나오는군. 이런 황당한 얘길 믿어야 되나, 말아야 되나.

"불안하면 내가 뭐 하는지 돌려 보면 되잖아."

"돌려 봐? 뭘?"

"네 눈으로 녹화한 거."

무슨 소린가 싶어 눈만 껌벅거렸다.

"매뉴얼에 나와 있잖아, 녹화 기능. 사고나 도난에 대비해서 탑재된 기본 기능이라고. 야, 공부 좀 해. 네 몸에 대해 그렇게 모르면 어떡해?"

우리 엄마랑 똑같은 소릴 하네. 하지만 이제 난 내 몸보다 네 몸에 더 관심이 많아졌단다.

"바꾼다고 쳐. 근데 어떻게? 각자 자기 뇌랑 연결돼 있잖아."

"간단해. 라디오 주파수 바꾸는 거랑 비슷하거든."

은결이가 자기 머리를 가리켰다.

"이 안에는 네트워크 모듈이 있어. 우리 뇌는 인공척수로 휴봇테크 연구소 슈퍼컴퓨터랑 연결돼 있고. 그 두 장치가 무선 신호를 주고받는 거지."

"그건 알아."

"그러니까 휴봇테크에 요청해서, 그 무선 신호를 어느 의체와 주고받을지 바꿔 달라고 하면 돼."

"그런 게 된다고?"

"너도 지금 대여용 의체에 들어가 있잖아. 아, 진짜. 매뉴얼 좀 읽어 봐."

저렇게나 자신 있게 나오는 걸 보니 믿어도 될 것 같았다. 체전에 나가 메달을 따야 한다는 조건이 붙긴 했지만, 그거야말로 내가 바라던 일이었다.

"좋아. 할게."

"평일 연습 시간이랑 토요일 오후 연습, 어때?"

"일요일 오후도 추가."

"헐, 아빠가 좋아하겠다."

은결이가 미리 캡처해 온 의체 대여 계약서를 휴대폰에 띄웠다. 고민해야 할 것은 세 가지였다. 첫째, 대여 금액. 사실 문제는 아니었다. 서로 무료로 대여하면 되니까.

두 번째는, 이게 전자 계약인데 우리가 미성년자라 보호자 인증과 동의를 받아야 한다는 거였다. 은결이는 엄마한테 부탁할 거라고 했다. 나는 어쩌지? 엄마가 과연 동의해 줄까? 그럴 리가. 내가 은결이 몸을 망가뜨리기라도 하면 물어낼 비용이 만만치 않을 거다. 은결이는 신경 쓰지 말라고 했지만, 우리 엄마는 신경 쓸 거다. 그래서 내가 알아서 하기로 했다. 인터넷 뱅킹이나 주민센터 방문 같은 일들은 평소에도 내 몫이었으니, 엄마 신분을 도용하는 것쯤은 식은 죽 먹기였다.

세 번째는 휴봇테크에 지불해야 하는 수수료였다.

"그건 내가 벌어서 낼게."

은결이는 내 몸으로 쇼핑몰을 돌아다니며 시장 조사도 하고, 엄마가 운영하는 쇼핑몰의 모델도 할 거라고 했다.

"딱 태가 잘 나오는 몸매잖아. 적당히 여리여리한 게. 그리고 이런 얼굴이 또 화장하면 확 바뀐다?"

"언제 그렇게 자세히 봤냐? 역시 너 몰카……."

"아니라니까! 그런 더러운 인간들, 진짜 극혐이거든?"

은결이가 두 주먹을 쥐고 펄쩍펄쩍 뛰었다. 흙먼지가 풀풀 날리고, 땅이 울리는 통에 내 몸까지 들썩였다.

"오케이, 동작 그만! 그럼 우리 계약하는 거다?"

"당근이지! 예에!"

우리는 가슴 가득 부푼 기대를 안은 채로 헤어졌다. 은결이의 꿍꿍이를 정확히 알 수는 없지만, 어쨌든 내겐 분명한 이유가 있다. 다시 수영할 수 있다는 것. 그보다 중요한 건 없었다.

우리 왜 이렇게 된 걸까

계약서에 적힌 시간에 따라 은결이와 몸을 바꿔 수영한 지 열흘이나 지났다.

엄마는 오늘도 해물탕을 팔러 갔고, 나는 은결이가 사 온 옷으로 갈아입고 있었다. 퍼프소매의 하얀 크롭셔츠, 청록색 펜슬 스커트, 헐렁한 핏의 핑크색 트렌치코트. 한 번도 입어 본 적이 없는 옷들이었다. 거울 속 소녀는 딴 나라 사람 같았다. 하긴, 은결이도 이건 자기 옷이지 내 옷이 아니라고 했다.

"넌 무슨 애가 옷이 추리닝밖에 없냐?"

지난주에 우리 집에 와서 내 옷장을 뒤지던 은결이가 한 말이었다.

"추리닝이 어때서? 세상 편하구만."

"아무리 그래도 그렇지. 까만 추리닝 일곱 벌에 회색 추리닝 여섯 벌이 말이 돼?"

"그래야 맞춰 입기 좋잖아."

"아이고, 그러셔요, 고객님."

은결이는 잔뜩 실망했다가 금세 기대에 차서는 엄마가 기다리고 있다는 쇼핑몰로 달려갔다. 그날은 옷과 구두를 잔뜩 사 오더니, 이번엔 가방과 화장품으로 쇼핑백이 미어터졌다.

화장품을 하나하나 뜯어보니 난감했다. '어디에 뭘 발라야 되냐?' 메시지를 보내자 답장이 왔다. '진짜 천연기념물 감이다. 내가 알아서 할 테니 장비 잘 챙겨. 아, 그리고 울 아빠 화장실 땜에 좀 늦었다. 쏘리!'

누가 누구더러 천연기념물이래. 나는 가방 속에 화장품을 욱여넣고 어깨에 걸친 뒤, 구두에 발을 끼우고 현관을 나섰다. 의체가 바뀔 시간이 다가오고 있었다. 구두 때문에 발이 불편해서 시간이 빨리 갔으면 싶었다. 10, 9, 8…… 찰칵!

나는 어느 차의 조수석에 앉아 있었다. 차는 무지 컸

고, 창밖 풍경이 바뀌지 않았다면 가만히 서 있는 줄 알 정도로 조용하고 승차감이 좋았다. 내 옆에선 어떤 아저씨가 운전 중이었는데, 먼발치에서 몇 번 본 적 있는 은결이 아버지였다.

"……수영의 꽃 아니냐. 이번 기회에 도전해 봤음 싶은데."

생판 모르는 아저씨와의 대화 중간에 끼어들려니 당황스러웠다. 구세주는 손에 쥐어진 휴대폰이었다. 화면에 은결이가 치다 만 메시지가 떠 있었던 것이다. '또 그놈의 자유형 타령. 알아서 처리해 주라.'

"저도 그 생각 하고 있었어요. 오늘부터 집중적으로 해 보려고요."

자유형은 내 주 종목이기도 하고 말이지. 굵직한 은결이 목소리로 나오는 내 말이 아직도 어색하다고 느끼고 있는데, 갑자기 아저씨가 조용해졌다. 뭘 잘못 말했나? 곁눈질로 살펴보니 함박웃음을 짓고 있었다.

"한 살 더 먹더니 의젓해졌네. 찡찡이 공룡 장은결도 철이 드는구나! 좋아, 달려 보자. 휴봇테크에서도 벼르고 있으니까 잘될 거야."

나는 은근슬쩍 아저씨에게 이런저런 대회에 나갔을 때의 일을 물어봤다. 내가 또 언제 올림픽 은메달리스트와 얘기해 보겠는가? 그러자 그는 기다렸다는 듯 신이 나서 과거사를 풀어 놓았다. 듣다 보니 꽤나 재미있고 연습에도 도움 될 만한 내용이 많았다.

어느새 우린 함께 농담을 나누고 웃고 있었다. 은결이 아버지는 자신감 넘치고 유쾌한 사람이었다. 어릴 때 아빠랑 바다에서 놀던 추억이 떠올랐다. 부표까지 먼저 헤엄치기 시합을 해서 내가 이겼을 때 아빠도 저렇게 호탕하게 웃었다. 나는 은결이 아버지의 아들 노릇을 하는 이 시간이 싫지만은 않았다.

학교에 도착해서는 함께 파이팅을 외치고 주먹 인사까지 나눴다. 그리고 너무 들뜬 나머지, 차에서 내리다가 천장에 머리를 박을 뻔했다. 으, 이 몸은 너무 크다.

들어가서 레인부터 확인해 보니 역시나 아무도 없었다. 나 못지않은 연습벌레 권서호도 부재중이었다. 오전 일찍 연습을 마치고 지금은 은결이와 만나고 있겠지.

최다미 의체 속 장은결은 방과 후 연습마다 내 자세를 봐주겠다는 핑계로 수영장에 와서는 틈만 나면 서호를 쫓아다니며 말을 걸었다. 그리고 결국 주말에 만나자는 약속을 얻어 냈다. 작년까지만 해도 나를 길가의 전봇대 보듯 하던 권서호가 흔쾌히 그러자고 한 게 놀라웠다. 지금은 쫙 빼입고 등장한 나를 보며 걔가 더 놀라고 있겠지만.

은결이는 중학교 때부터 서호와 친하게 지내고 싶었지만 아버지 때문에 그러지 못했다고 했다. 경쟁자와 가까워지면 언젠가 뒤통수 맞는다고 그랬다나?

하지만 프린스 자리를 빼앗긴 데 대한 불만이었을까? 서호도 은결이를 경계하는 눈치였다. 그런 둘이서 당최 무슨 얘길 나누고 있는 걸까.

탈의실로 가서 은결이 사물함을 열었다. 문 안쪽에 붙은 사진으로 눈이 갔다. 대여섯 살 정도의 은결이가 놀이공원을 배경으로 드레스와 왕관을 걸친 채 엄마 품에 안겨 있는 모습이었다.

프린스가 아닌 프린세스 장은결. 볼 때마다 웃음이 나왔다. 아기 공룡한테 공주 드레스를 입혀 놓으면 딱 이렇겠지. 아들밖에 없는 엄마가 아들을 딸처럼 꾸미는 일이 종종 있다고 들었는데, 여성 패션에 대한 은결이의 남다른 관심은 그렇게 길러진 모양이었다.

사진 구경을 끝내고 옷을 벗었다. 처음엔 은결이 몸으로 옷을 갈아입는 게 껄끄러웠지만 이젠 익숙해졌다. 의체가 인형이고 나는 인형의 옷을 갈아입힌다고 생각하면 되니까. 특이한 게 있다면 내가 그 인형 속에 들어가 있다는 거다.

은결이 몸도 내 몸처럼 다리 사이가 밋밋한 형태였다. 남자 마네킹처럼 그저 조금 불룩할 뿐. 그래서 궁금해지곤 했다. 나랑 은결이는 여자도 아니고 남자도 아닌 걸까? 은결이가 여성형 몸에 금방 적응한 것처럼 나도 결국 이 남성형 몸이 친숙해질까?

은결이 몸에 접속한 초반 몇 분 동안은 움직이는 게 어색했다. 은결이 몸은 내 몸을 두 배로 확장한 것처럼 길고 크기 때문이다. 문을 지나다 문틀에 어깨를 들이받기도 하고, 옷을 갈아입을 땐 어디엔가 팔꿈치를 부딪치기 일쑤였다. 하지만 그런 불편함은 입수를 하면 사라졌다.

철썩! 배치기를 하며 수면에 엎어졌다. 온몸으로 물에 저항하는 가장 손쉬운 방법이었다. 자연 인체로 이런 짓을 하면 데굴데굴 구를 정도로 아프지만, 통증 감지 기능을 끈 의체로는 아무런 고통이 없다. 코에 물이 들어갈까 봐 걱정할 필요도 없으므로 몇 번이고 할 수 있다.

철썩! 뒤로 넘어지기. 풍덩! 점프하며 뛰어들기. 첨벙! 첨벙! 물보라가 사방으로 튀었다. 보는 사람이 없으니 마음대로 몸을 던졌다. 새로이 즐기는 나만의 몸풀기 의식. 이걸 몇 번 반복하다가, 물과 의체와 내 정신이 하나가 되는 순간이 찾아오면 진지하게 연습을 시작했다.

은결이의 주 종목은 평영이지만, 나는 처음부터 연습 시간의 반 이상을 자유형에 바치고 있었다. 은결이가 소유한 의체라지만 지금은 내 것이니까. 나는 어릴 적부터 자유형에 큰 애착과 즐거움을 느꼈고, 은결이도 내 맘대로 하라고 했다.

수영을 다시 시작했을 때 난감한 건 호흡이었다. 숨을 쉴 필요가 없는데 이미 습관이 굳어져, 나도 모르게 숨을 쉬려거나 혹은 숨을 참아야 한다는 생각으로 얼굴을 물속에 처박고 있다가 스트로크가 흐트러지는 것이었다. 은결이는 호흡을 생략하면 속도가 더 나긴 하겠지만 무리해서 바꾸지는 말라고 했다.

"어차피 모든 영법은 자연 인체를 기반으로 발달했으니까. 또 숨 쉬는 건 인체의 본능이잖아. 호흡하는 동작을 갑자기 지우기는 힘들지."

연습을 마치고 물 밖으로 나왔다. 고요한 수영장에 노을이 비껴 들어오는 모습이 쓸쓸함을 자아내긴 했지만 그래도 수영장을 독차지하는 느낌은 짜릿했다. 골육종을 진단받기 전에도, 나는 일요일 오후마다 홀로 나와 연습하곤 했다. 물의 저항이 적어서 경기에 유리한 중간 레인과 그 반대인 끝 레인을 자유자재로 오가며 고루 익숙해지기 위해서였다.

은결이 몸에 접속한 지금은 다른 남자애들과 섞이지 않는다는 게 일요일 연습의 장점이었다. 남자애들은 왜 그렇게 욕을 달고 살까? 몸을 바꾼 첫날, 은결이 설명을 듣고 나서야 내가 아는 온갖 종류의 비속어가 욕이 아니라 인사말이라는 걸 알게 됐다.

"거기에 죽자고 달려들면 쓸데없이 예민한 놈 되는 거야."

"몰라. 그냥 못 들은 척할래."

"그러다 나 찐따 되면 책임질 거야?"

"어쩌라고 그럼?"

" '지랄하네' 라든가 '뒈져, 새끼야' 정도로는 받아쳐 줘야지."

장은결, 네 우락부락한 얼굴과 그런 험한 말이 잘 어울리는 한 쌍이긴 하다만, 직접 입을 움직여 말하는 건 나라고! 골치가 아팠지만 나는 은결이에게 주입받은 대로 내뱉었다. 그랬더니 더욱 거친 말들이 돌아왔다. 거의 살가죽을 벗기고 용암에 처박아 튀기는 수준이었다.

특히 서호가 예쁜 얼굴로 그런 무시무시한 말을 툭툭 내뱉을 때면, 화면과 음성이 따로 노는 합성물처럼 생경하기 짝이 없었다. 우리 학교 애들이 그걸 보고도 서호를 좋아할까?

확실한 건, 서호가 작년까지는 이렇지 않았다는 거다. 수영장 분위기가 전에 없이 험악해진 탓이었고, 그건 바로 새로 부임한 감독 때문이었다. 감독은 애들한테만 못되게 구는 게 아니었다. 코치들도 가만 놔두질 않았다.

코치들은 점점 감독을 닮아 가서 연습 시간엔 늘 고성이 쩌렁쩌렁 울렸다. '끝까지 밀라고 몇 번을 말해!

발목 똑바로 안 펴! 왜 자꾸 고갤 쳐들어!' 도저히 못 견디겠다 싶을 땐 그냥 청각 기능을 꺼 버렸다. 이럴 땐 의체인 게 다행이었다.

탈의실로 가서 몸을 닦고 옷을 갈아입은 뒤 학교 옆 근린공원으로 가서 은결이를 기다렸다. 우리는 매일 저녁, 의체를 바꾼 동안 각자가 한 일에 대해 보고하는 시간을 가졌다. 나를 안심시키겠다며 은결이가 제안한 일이었다.

멋지게 차려입은 내가 저 멀리서 걸어오는 모습이 눈에 들어왔다. 기분이 좋은지 나풀나풀 걸음이 가벼웠다. 곧 원래 의체로 돌아갈 시간이었다. 10, 9, 8…… 찰칵! 시야가 바뀌었고 청바지에 항공 점퍼 차림을 한 은결이가 저 앞에 서 있었다. 좀 전에 탈의실에서 내가 갈아입은 옷이었다.

거울을 꺼내 얼굴을 들여다봤다. 와, 이건 거의 분장 수준인데. 은결이 말대로 딴판이 돼 있었다. 나는 은결이에게 쪼르르 달려갔다.

"이렇게 공들인 걸 서호가 알아보디?"

"당근이지. 반했는지 눈을 못 떼더라."

말도 안 돼. 하지만 은결이는 자화자찬을 계속했다. 나는 녀석이 떠들도록 내버려 두고 클렌징 티슈를 찾아 꺼냈다.

“이제 지운다. 다른 사람 만날까 겁나.”

“뭐, 어때. 아는 사람 반응도 봐야 될 거 아냐?”

“지금까지 본 걸로도 부족하냐?”

“당근이지. 다다익선 몰라?”

은결이는 키득거리다 내 뒤로 시선을 돌렸다.

“오, 저기 현지다. 네 베프 반응도 한번 보자.”

“뭐? 잠깐!”

은결이는 현지와 나 사이의 일을 몰랐다. 은결이가 손을 흔들려고 팔을 들기에 나는 막으려고 매달렸다.

“왜 이래? 이거 놔!”

“가만있어!”

“어휴, 무슨 힘이 이렇게 세냐.”

은결이 팔을 내 옆구리에 단단히 끼워 놓고 보니 내가 그 애 팔짱을 낀 모양새가 돼 버렸다. 그새 현지가 우리를 발견한 것 같았다. 현지는 우뚝 멈춰 서서 이쪽을 바라보고 있었다. 손목에는 여전히 석고붕대를 감은 채로,

무슨 생각을 하는지 전혀 읽을 수 없는 표정을 하고서. 옆에 선 애들이 나와 은결이를 가리키며 웅성댔다.

이거 오해가 생길 만한 상황인데. 하지만 그쪽으로 달려가서 너희가 생각하는 그런 게 아니라고 설레발친다면……? 아마 더 이상해 보이겠지. 내가 어쩔 줄 모르고 서 있는 사이, 현지는 몸을 돌려 오던 길을 되돌아가 버렸다.

친구야, 우리 왜 이렇게 된 걸까. 내가 무슨 짓을 한 걸까. 단단하고 뾰족한 무언가가 가슴 깊은 곳으로 파고드는 것 같았다.

껍데기를 버리고 영혼 대 영혼으로

이틀이 지나고, 현지를 다시 본 건 수영장이었다.

"이제 다 나은 거야?"

석고붕대가 시원히 떨어져 나간 현지의 손목을 가리키며 물었다. 교실에서는 엄두도 못 내다가 은결이 모습을 하고서야 용기를 낸 것이었다. 현지가 민망하다는 듯 멋쩍게 미소 지으며 대답했다.

"사실 심하게 금 간 것도 아니었어. 엄마가 괜히 오버해서……."

"오버해야지, 소중한 손목인데. 그래도 빨리 나아서 다행이야."

"고마워."

현지가 미소를 머금고 눈을 내리깔았다. 낯간지러운 소릴 들으니 쑥스러운 모양이었다. 혹시라도 대화가 끊길까, 재빨리 다른 화제를 꺼냈다.

"이제 선발전 준비해야겠네."

"아직은 무리래. 감이나 다시 잡으러 왔어."

"아……."

나 때문에 현지가 1년에 한 번뿐인 기회를 놓치게 됐다. 미안한 마음에 가슴이 먹먹했다. 그런데 그걸 표현할 수가 없었다. 현지는 내 침묵을 안타까움으로 받아들인 듯했다.

"괜찮아, 우리 엄마는 난리지만. 어차피 내 실력으로는 안 될 거 뻔한데."

"그래도……."

"아냐, 진짜로."

나는 할 말을 잃었다. 반대로 현지는 하고 싶은 말이 있는지 날 보며 눈동자를 이리저리 굴렸다. 그때 내 몸에 운동복을 걸친 은결이가 달려왔다.

"어머! 현지야! 돌아왔구나!"

은결이는 현지의 두 손목을 부여잡고 호들갑을 떨었다.

"얼마나 아팠니? 많이 답답했지?"

목소리가 어찌나 큰지 수영장이 쩌렁쩌렁 울렸다. 다들, 심지어 서호마저도 하던 일을 멈추고 쳐다볼 정도였다. 나는 당황한 나머지 기절할 것만 같았다.

이틀 전 공원에서 현지와 마주친 뒤 그간의 일을 말해 주자 은결이는 자기 일처럼 안타까워했다. 벌어진 상처는 빨리 꿰맬수록 흉이 덜 진다는 둥, 운명과도 같은 베프는 하늘이 내려 주시는 거라는 둥, 구닥다리 드라마 대사 같은 말을 쏟아 내더니 결국 이렇게 사고를 친 거다.

당황한 사람은 나만이 아니었다. 현지도 어떻게 반응해야 할지 몰라 양 손목을 쥐인 채로 눈만 껌벅이고 있었다. 은결이가 곧 때리는 소릴 더 해 대기 전에 둘을 떼어 놓아야 했다.

"그러다 애 손목 또 부러지겠다. 이제 곧 감독도 올 텐데, 그만 좀 하지?"

은결이가 현지를 놓자마자 그대로 은결이를 끌고 갔다. 현지는 여자애들이 모인 곳으로 가서 얼떨떨한 표정으로 이쪽을 바라보며 준비운동을 시작했다. 나는 은결이를 구석으로 몰아넣고 으르렁거렸다.

"방금 네가 한 짓을 정의해 봐."

"뭐겠어, 우정 전선 수복이지."

"그러니까, 그걸 왜 네가 하냐고?"

"안 하면? 이 몸으로 현지랑 마주칠 때마다 무시당하라고? 난 그런 거 못 참아."

"아, 그러셔. 만인이 떠받들어 주지 않으면 만족할 수 없는 프린스라 이거지? 난 오지라퍼는 절대 사절인 사람이야. 앞으로 한 번만 더……."

은결이가 씩 웃으며 내 말을 끊었다.

"고객님, 계약 파기를 운운하시려고요? 그 몸이 아쉬운 건 너지, 내가 아닐 텐데요?"

기가 막혔다.

"지금 협박하는 거야?"

"네가 먼저 했잖아."

은결이가 두 손을 허리에 올린 채로 고개를 치켜들고 나를 쏘아봤다. 저 당당한 눈빛. 젠장, 순박한 시골 청년은 어디로 가고 그새 호랑이 눈을 하고 있네. 은결이 말이 맞았다. 나는 이 몸을 간절히, 강렬히 원했다. 따라서 자존심 따위 착착 접어 맘속 깊이 쑤셔 넣고 항복을 선언할 수밖에 없었다.

선발전이 코앞이었다. 전국체전에 나가려면 도 단위의 선발전을 통과해야 했다. 나는 메달을 따고 싶었다. 그러려면 연습 또 연습만이 살길이었다.

레인을 향해 돌아서는데, 몇몇 애들이 이쪽을 힐끔거리는 모습이 눈에 들어왔다. 아차! 어제 교실에서 있었던 일이 생각나며 머리에 꿀밤을 강타하고 싶어졌다.

"너 은결이랑 사귄다며?"

아영이는 나에 대한 소문을 들었다고 했다. 공원에서 나랑 은결이가 끌어안고 뽀뽀하는 걸 애들이 봤다는 거였다. 소문이 퍼질 것은 각오하고 있었지만 이렇게까지 터무니없을 줄은.

"내가? 누구랑? 황당 그 자체임."

어젠 그렇게 대꾸해 놓고 방금 요상한 장면을 연출해 버린 거다. 계약이 성사됐을 때도 은결이랑 의체를 맞바꿨다는 사실을 들키면 어떡하나 하는 걱정만 했지, 이런 상황은 상상도 해 본 적이 없었는데.

마침 감독이 나타났다. 늘 그렇듯 양쪽에 코치들을 대동한 채 허리에 손을 짚고 눈에서는 레이저빔을 쏘아

대는 거만한 태도였다. 왕년에 신동 소리 좀 듣고 금메달 좀 따면 저렇게 되는 걸까? 메달을 향해 물살을 계속 가르다 보면 나도 저렇게 변할까?

감독은 아이들을 불러 모아 선발전 준비를 격려하는 훈시를 시작했다. 훈시는 점점 거칠어지더니 앞으로 우리 인생에 등장할 고난과 역경에 관한 끔찍한 경고로 변했다. 이젠 그 소리에도 꽤나 면역이 된 데다 머릿속이 복잡했던 나는 금세 딴생각에 빠졌지만, 그 순간은 오래 가지 못했다. 나를 현실로 돌아오게 한 것은 감독의 마지막 말이었다.

"……쪽팔리게 치킨집 같은 거나 하게 되는 거야. 그때 가면 나한테 수영 배웠다는 소리는 절대 하지 마라, 알겠나?"

저런 저질스런 소리를 저렇게 당당하게 하다니? 내 얼굴이 홧홧하게 달아오를 지경이었다. 감독의 시선은 노래방 아들인 서호에게 꽂혀 있었지만, 나는 치킨집 딸인 현지를 슬쩍 돌아봤다. 현지는 입을 일자로 다문 채 감독의 발끝만 내려다보고 있었다.

외유내강형인 현지는 평소 치킨집에 대한 농담에 아

무 내색을 하지 않았다. 그럼에도 저런 소릴 들을 때마다 얼마나 상처받는지 나는 알고 있었다. 어깨를 토닥여 주고 싶은데 이 몸으로는 불가능했다. 모자란 것 하나 없는 프린스니까. 이런 애가 공감과 위로를 해 봤자 얼마나 영혼 없어 보일까? 그렇다고 내 몸으로 그러자니, 일단은 아까 은결이가 저지른 바보짓부터 수습해야 했다.

골치가 아팠다. 정신이 다른 데로 가 있어서 연습에 집중할 수가 없었다. 은결이는 내 맘을 아는지 모르는지 팔꿈치를 높이 들라는 둥, 무릎이 뻣뻣하다는 둥 대충 조언을 던지더니, 감독이 모습을 감추자마자 남자애들이 연습하는 레인으로 가 버렸다. 가만 지켜보니 또 서호 때문이었다. 서호가 물을 마시려고 수영장 밖으로 나가자 은결이가 쪼르르 그 옆에 가서 종알대고 있었다. 방긋방긋 웃는 모습을 보니, 이러다 최다미가 양다리 걸친다는 소문까지 도는 건 시간문제였다. 특단의 조치를 취해야 했다.

그 조치는 의외의 방법으로, 엄청나게 빨리 찾아왔다. 탈의실에서였다. 나는 남자애들 알몸을 보고 싶지도,

그 애들 한가운데를 벗은 몸으로 돌아다니고 싶지도 않아서 연습이 끝나면 탈의실에서 서둘러 물기를 닦고 옷을 입은 뒤 쏜살같이 내빼곤 했다. 그날도 여느 때처럼 바쁘게 몸을 닦는데 서호가 불쑥 다가왔다. 마침 다른 애들이 샤워실로 몰려간 직후라 탈의실엔 우리 둘뿐이었다.

"너, 다미랑 사귀냐?"

서호가 대뜸 물었다. 내가 은결이 의체에 접속한 이래 처음으로 말을 걸어 온 것이었다.

"아니. 왜?"

나는 의아하면서도, 수영복 광고 촬영 현장에 생애 처음으로 투입된 엑스트라처럼 그 아이의 해사한 얼굴에서 눈을 뗄 수가 없었다. 그러다 찬물 세례를 맞은 듯 머리가 띵해졌다. 서호가 내 몸을 위아래로 훑어보더니 대답 없이 가 버린 것이다.

내가 은결이 행세를 하며 알게 된 게 있다면 서호가 은결이를 무시한다는 사실이었다. 현지가 나를 무시하고 있는 것과는 전혀 달랐다. 그건 아주 철저한, 경계와 멸시가 어린 무시였다. 계속 이런 식이었을 텐데, 왜 은결이는 서호와 친해지지 못해 안달일까.

그날 저녁, 은결이와의 통화에서 서호와의 일을 얘기하며 물었다.

"너 마조히스트냐? 관심병 환자야?"

은결이는 둘 다 아니라며 웃었다.

"난 장은결이라는 껍데기를 버리고 영혼 대 영혼으로 다가가고 싶은 거야."

"웩. 글쎄다, 걔는 너의 영혼으로 자기 영혼을 관통당하기 싫어할 거 같은데."

"서호가 처음부터 그랬던 건 아냐. 내가 고지식하게 아빠가 시키는 대로 걔를 무시해서 이렇게 된 거야. 지금 서호는 내가 엄청 아니꼬울 거야. 우리 아빠가 엄청 설쳐 대니까. 거기다 너, 춘천 수림고 남자 수영부 에이스 바뀐 거 아냐?"

"몰랐는데."

"너 입원해 있을 때 서울에서 전학 왔어. 거긴 선발전이 너무 치열하니까 여기서 나가려고. 걔가 작년 서울시 선발전에서 자유형 100미터를 몇 초에 끊었는지 알아?"

나는 조용히 다음 말을 기다렸다.

"48초 98. 근데도 3위밖에 못 했어."

서호보다 0.03초 빠른 기록이었다. 서호는 작년 선발전에서 49초 01로 2위를 차지해 전국체전에 나갔다. 그때 성적이 48초 97로, 4위까지 쑥 올라갔었다. 다들 놀란 한편 아깝다고 했다. 열심히 연습해서 내년을 기약하자고 난리였다. 기량이 늘고 있으니 최소 동메달은 노려 볼 수 있을 거라고.

하지만 수림고 에이스는 놀기만 할까? 둘의 실력이 비슷하게 는다면 서호는 도 선발전에서 3위로 떨어져 전국체전에 못 나가게 될지도 모른다. 보통 종목별 순위에 큰 차이가 없는 걸 생각하면 50미터와 200미터에서도 출전을 기대하기 힘들 것이다.

"그런데 장은결 왕자님은 실력도 자기보다 못한 게 의체 됐다고 전국체전 나가게 됐잖아. 선발전 나가 보면 너도 놀랄걸. 내가 알기로 사이보그 대회에선 이번 선발전 나가는 사람이 장은결 말고 두 명밖에 없어. 넌 거기서 꼴찌만 안 해도 체전엔 나가게 될 거야."

허무한 기분에 사로잡혔다. 지금 내가 하는 노력이 헛짓이라는 건가? 요식행위에 불과한 짓을 하고 있다고? 난 도대체 뭘 바라고 수영장엘 나가야 하는 거지?

"아무튼, 아무래도 이번 주말에 서호한테 고백받을 것 같거든. 싫다 그러면 더 이상 못 만날 것 같아서 오케이 하려는데, 괜찮겠냐?"

은결이 말에 정신이 번쩍 들었다. 권서호랑 사귄다고? 내 몸으로? 거부감이 해일처럼 일다가, 곧 생각이 바뀌었다. 이거면 내가 바랐던 특단의 조치가 가능하다!

"좋아. 그렇게 해."

둘이 사귀면 내가 은결이랑 사귄다는 둥, 양다리 걸친다는 둥, 떠도는 말들은 죄다 헛소문이 될 테니까.

"대신 의체가 바뀐 동안만이야. 그리고 스킨십은 절대 금지."

"손잡고 뽀뽀 정도는 괜찮지 않아?"

"왔다 갔다 해서 헷갈리나 본데, 너 원래 남자거든?"

"내가 나라는 거 안 들키려면 그 정도 연기는 해야지."

은결이가 이죽거렸다. 대단한 의지였다. 나는 아무리 현지가 좋아도 뽀뽀는 상상이 안 되는데.

"그럼 뽀뽀까지만. 그 이상은 안 돼."

"야, 하고 싶어도 못 해, 미성년자용 의체로는."

민망한 얘기가 나오기 전에 통화를 끝냈다. 그러고도 휴대폰을 내려놓질 못하고 만지작거렸다. 현지한테 메시지를 보내 볼까? 뭐라고 보내지? '아까 너무 속상했지. 신경쓰지 마'?

바보냐? 신경이 안 쓰일 리가 없잖아. 나는 메시지 입력 창에 수많은 문장을 쓰고 지우기를 반복하다 휴대폰을 이불 위로 던져 버렸다.

본질적으로 변하지 않는 것

다음 날, 교실에서 현지를 봤을 때 나는 전날 일을 매듭짓지 못했다. 은결이처럼 애교 떠는 재주도 없었고, 전에 하던 식으로 "우상궁!" 하며 너스레를 피울 만큼 얼굴이 두껍지도 못했다. 미안하단 말을 수도 없이 했는데 차가운 반응만 돌아오니 섭섭한 것도 사실이었다.

하지만 이대로 끝내긴 싫었다. 나와 현지는 영혼 대 영혼으로 통하는 친구였다. 비록 지금은 그 통로가 막혀 버렸지만. 결국 은결이 몸으로 새로운 통로를 뚫어 보는 수밖에 없었다.

현지는 손목에 무리가 가지 않는 선에서 운동하느라 다른 아이들보다 먼저 수영장을 떠나고 있었다. 나도 연습을 일찍 끝냈다. 로비에서 서성이고 있으니 현지가 교복으로 갈아입고 나왔다.

나는 우연히 마주친 것처럼 인사를 건네고 현지와 함께 현관을 나섰다. 오늘은 은결이 아버지가 데리러 온다고 들은 것 같았지만 뭐, 그건 은결이가 알아서 수습하겠지. 내 인생에 끼어들어 노를 저은 것에 대한 복수다!

"오늘은 감독 얼굴 안 보니 살 것 같다."

학교에서 공원으로 이어지는 길을 함께 걸으며 운을 띄웠다.

"나도 나도."

우리는 감독을 전후좌우, 위아래로, 만신창이가 될 정도로 씹었다. 현지는 기분이 좋아 보였다. 나도 예전으로 돌아간 것처럼 들떴다. 그렇게 공원을 지나 횡단보도에 다다랐을 즈음 현지는 후련하다고 말하면서도 걱정을 했다.

"감독 욕해도 돼? 너희 아빠 친구잖아."

"겉으로만 그렇대. 평생 라이벌이었고, 속으로는 어떻게 하면 이겨 먹을까 그 생각만 했대. 이번엔 아빠가 먼저 자존심 굽히고 여기 좀 와 달라고 사정을 했다지만."

은결이를 통해서 들은 얘기를 내 귀로 직접 들은 것처럼 풀어 놨다. 양심에 찔렸지만, 정체를 들키지 않으려면 이 정도 뻔뻔함은 필요한 법이었다.

"겉으로 보이는 모습만으로는 진정한 친구인지 아닌지 모르는 거네."

그렇게 말한 현지가 잠시 생각에 잠겼다. 지금 그 생각 속에 혹시 내가 있는 건 아닐까? 나는 슬며시 본론에 접근했다.

"요즘 다미랑 안 좋아 보이던데, 무슨 일 있었어?"

현지는 하고 싶은 말이 많은 듯했지만 꺼내 놓지 않았다. 한때의 베프에 대한 예의인 것 같았다. 현지는 그런 애였다. 그럼에도 나는 애타게 기다렸다. 엉뚱한 질문을 받고야 말았지만.

"의체로 바뀌고 나서 제일 힘든 게 뭐야?"

답은 있었지만 말할 수 없었다.

"치킨 못 먹는 거. 하니매콤 완전 최애였는데."

언젠가 은결이한테 비슷한 얘기를 들었기에 얼렁뚱땅 둘러댔다. 현지는 피식하더니 고개를 갸웃했다.

"너 바삭파 아니었어? 내가 잘못 기억하고 있었나?"

크윽, 실수다. 매콤파는 나지 은결이가 아니었는데. 대충 얼버무리려는데 휴대폰 알람이 울렸다. 곧 의체가 맞바뀔 시간이었다. 이대로 내가 사라지고 아무것도 모르는 은결이가 소환되면 일대 소란이 일지도 몰랐다.

"미안한데, 나 뭐 놓고 왔다. 먼저 갈래?"

"어, 그래. 잘 가."

현지를 두고 반대쪽으로 뛰었다. 수영장 앞에 도착하니, 은결이네 차가 서 있고 서호와 내가 현관을 나서고 있었다. 캬아, 타이밍 죽이는군. 은결이 아버지는 차창을 내리며 나를 향해 뭐라 외쳤고, 은결이는 나를 보며 멈춰 섰다. 서호도 덩달아 멈추고 나도 멈췄다.

의체 전환 순간에는 최대한 움직이지 않는 게 좋다. 사고가 날 수 있기 때문이다. 다른 의체에 접속한 찰나, 의체가 뛰는 중이었다면? 십중팔구 균형을 잃고 넘어지겠지.

찰칵! 나는 서호 옆에, 은결이는 몇 발짝 앞에 있었다. 눈밭에 미끄러진 북극곰처럼 부루퉁한 얼굴로.

"내가 여기서 뭘 하고 있나 모르겠네?"

혼잣말 같지만 나한테 하는 소리였다. 옆에서 서호가

코웃음을 쳤다. 은결이는 못 들은 것 같았다. 아이고, 나야말로 지금 여기서 뭘 하는 걸까. 설마 권서호랑 계속 같이 가야 하는 건 아니겠지?

천만다행으로 은결이 아버지가 차에서 내리더니 서호한테 아는 척을 했다. 잘 지내냐, 선발전 준비는 잘 되어 가냐, 집까지 태워 줄까, 그런 얘기였다. 서호가 대답하느라 정신이 팔린 사이, 나는 잘 가라며 인사를 건네고는 뒤도 돌아보지 않고 큰길 쪽으로 내달렸다.

다음 날도, 그다음 날도 연습을 일찍 마치고 현지와 함께 하굣길을 걸으며 수다를 떨었다. 특별한 얘기를 한 건 아니었다. 수다가 다 그렇지 않나?

어쨌거나 그 덕에 현지가 이런저런 고민을 안고 있다는 사실을 알게 됐다. 수영을 계속 해야 할까, 때려치우고 공부나 해야 할까, 그런 것들. 딱히 특별한 고민은 아니었다. 내년이면 고3이니까.

그런 고민은 내가 더 심했다. 은결이 탈을 쓰고 재주를 넘는 이 짓을 계속하는 게 맞는지 몰랐다. 대회에 나가 메달을 따고, 그 메달로 대학 합격증을 받는다 해도 전부 은결이 것이 되는 거였다. 그러는 동안 내 성적은 여기서 더 떨어지지만 않아도 다행이겠지. 하지만 현지에게 그런 속내를 밝힐 수는 없었다.

나는 아빠가 시켜서 재미도 없는 수영을 억지로 하고 있다고 했다. 모델이 되고 싶은데 아빠가 모델 학원 등록비를 안 준다는 식으로 말이다. 솔직히 이 얼굴로 모델을 할 수 있는지 자신이 없다고도 했는데 그건 은결이가 결코 말한 적 없는, 나만의 생각이었다.

"얼굴도 바꿀 수 있지 않아?"

"아빠가 안 된대. 자기 아들 아닌 것 같다고."

"그렇긴 하지. 쌍수만 해도 딴사람 같잖아."

"그래도 난 난데."

"글쎄, 외모가 바뀌면 성격도 변할 것 같아."

"그런가?"

"주변에서 대하는 태도가 달라지니까, 그렇지 않을까? 자신감을 잃는다거나, 거만해진다거나."

"그럴지도. 하지만 그것도 어떻게 보면 껍데기일지 몰라. 사람은 본질적으로 변하지 않는 뭔가가 있잖아."

너와 함께 웃고 싶은 것, 잠이 올 때마다 엄마의 가슴 냄새를 맡고 싶은 것, 눈을 감으면 아빠가 날 업고 거

널던 마당 아래 해변의 파도 소리가 들려오는 것, 좀 전까지 누군가가 밉다가도 물속에 잠기면 그 미움이 물에 씻겨 흘러가는 것.

어느새 우리는 걸음을 멈추고 공원 벤치에 앉아 있었다. 오늘은 토요일. 더욱 일찍 나와 여유로웠다. 현지와 나는 세상과 삶에 대한 얄팍하고도 알맹이 없는 농담을 나누며 시시덕거렸다.

문득 그런 생각이 들었다. 가끔 이렇게 한가한 시간을 보내는 것도 좋구나. 엄마는 "가끔이니까 좋은 거야"라고 말할 테지만. 잠깐, 엄마를 마지막으로 본 게 언제더라? 맙소사! 휴봇테크에서 내 의체를 가져오고 임대용 의체를 가져간 날이다. 이따가 식당에 들러 볼까?

그때였다.

"있잖아, 진짜 고민 많이 했는데……."

현지가 내 눈치를 보더니 쭈뼛거리며 가방을 열었다. 안에서 수줍게 고개를 내민 건 진분홍색 편지 봉투였다. 그걸 건네는 현지는 나와 눈을 마주치지 못했다.

"이따 읽어 봐. 음…… 기다릴게."

이건 누가 봐도 고백 편지다! 고전적인 것을 좋아하

는 너답구나. 그나저나 네가 좋아하는 애가 은결이었니? 당황스러움은 왜 내 몫일까. 편지가 아니라 현지의 나체 사진을 손에 든 것 같았다. 현지는 얼굴이 봉투 색이 되더니 벌떡 일어나 빠른 걸음으로 멀어져 갔다. 현지를 붙잡아야 할지 고민하다 봉투를 내려다봤다. 뜯어 보고 싶은 유혹이 스멀스멀 밀려 왔다. 얼른 벤치 위로 던져 놓고 머리를 쥐어뜯었다. 일이 왜 이렇게 꼬인 거지?

그날 저녁, 편지를 다 읽은 은결이가 내게 전화를 걸었다.

"미안하지만 안 되겠다. 감동적이긴 한데, 내 타입이 아니라서."

"어쩔 수 없지. 상처받지 않게 잘 애기해 봐."

"네가 좀 해 주면 안 되겠냐."

"뭐어?"

"이게 내가 아니라 너한테 보낸 것 같단 말이지. 털털하고 성실하고 듬직한 모습이 좋다는데 나랑 어울리는 단어는 아니잖아?"

그래, 지금 네가 하는 짓만 봐도 동의할 수 있다, 이 찌질아. 한숨이 나왔다. 무신경한 인간 유형의 대표 격인 장은결에게 내 소중한 친구를 맡길 순 없었다.

"그럼 내일 오후에 만나자고 메시지 보내 놔 줘."

현지가 최대한 상처받지 않게 거절하려면 어떻게 해야 할까? 근데 거절하면 우린 친구로도 지내지 못하게 되는 게 아닐까? 나는 산사태처럼 밀려드는 고민에 파묻히고 말았다.

예전의 너라면

나는 수영장 앞에 서 있었고, 저 옆으로 은결이네 차가 떠나가고 있었다. 의체가 뒤바뀐 직후였다. 나는 수영장 건물로 들어가는 척하다, 돌아 나와 현지와 만나기로 약속한 카페로 향했다. 발걸음이 무거웠다. 한여름의 잡초처럼 머릿속을 무성하게 뒤덮은 시나리오 중 그 어느 것도 고르지 못한 탓이었다.

현지는 카페에 먼저 와서 음료를 주문해 놓고 있었다.

"내 것도 사 놨어? 먹지도 못하는데."

"둘 다 내 거야. 아까부터 자꾸 목이 타더라고."

현지의 농담에 나는 웃음을 터뜨렸다. 그러고 나니 바로 침묵이 찾아왔다. 오늘은 수다나 떨자고 만난 게 아니기 때문이었다. 그 순간까지도 나는 고민하고 있었다.

원칙적으로는 고백을 거절하는 게 맞았다. 하지만 그러면 우린 어색한 사이가 될 것이다. 내가 현지와 어떻게 다시 친해졌는데! 하지만 고백을 받아 주자니 조금 껄끄러운 기분이 들었다. 더더군다나 그건 현지를 속이는 일이 될 것이었다. 현지는 내가 은결이인 줄 알고 있으니.

날 바라보는 현지의 눈빛이 기대와 불안 사이를 오가고 있었다.

"말할 게 있어."

내가 나라는 걸 밝히기로 했다. 그럼 이 딜레마에서 벗어날 수도 있고, 현지와 계속 친구로 지낼 수도 있지 않을까? 천천히, 조심스럽게, 나는 내 정체를 고백했다. 현지는 학기 첫날 교실에서 나를 봤을 때보다도 더 놀란 얼굴이 되었다.

"설마, 지금 장난치는 거지?"

왜 하필 오늘은 만우절일까. 나는 잠시 고민하다 헛기침하고 입을 열었다. 은결이 의체로 이 짓을 하자니 얼굴이 마구 달아오르는 기분이었다.

"우상궁, 작년 만우절에 플라타너스 아래에서 맺은

언약을 기억하시오?"

현지는 잠시 눈빛이 영롱해지더니, 이내 플라타너스 잎을 갉아 먹는 송충이를 발견한 사람처럼 미간을 찌푸리고 생각에 잠겼다.

"그래서였구나, 다중이처럼 오락가락하던 게."

오락가락이 아니라 여차여차한 거라고 설명했지만 현지는 듣는 둥 마는 둥 했다.

"나한테 잘해 준 게, 은결이가 아니라 다미 너였다는 거지? 난 그런 줄도 모르고……. 나 은결이가 아니라 너한테 고백한 거나 마찬가지네."

"말 안 해서 미안해. 혹시라도 들키면……."

"역시, 껍데기가 바뀌면 알맹이도 변하는 거야."

이야기가 예상과 다르게 흘러가기 시작했다. 당황스러움은 이제 내 차지였다.

"변한 게 아니야. 난……."

"예전의 너라면 은결이 대신 경기 나가는 일 따위는 안 했을 거야."

"난 그냥 수영을 하고 싶었을 뿐이야. 엄마가 의체를 새로 사 주실 때까지 감을 유지하려면 어쩔 수 없었어."

"거봐. 넌 네 생각만 하고 있잖아."

억울했다. 삶의 의미를 잃어버린 사람한테 그런 평가는 좀 과하지 않나? 하지만 이런 변명도, 내가 내 생각만 하고 있다는 증거만 될 뿐이었다.

"너랑 은결이, 다 실망이야. 다신 아는 체하지 말아줬음 좋겠어."

현지는 다소곳이, 그러면서도 단호하게 일어나 카페를 나갔다. 나는 산사태가 휩쓸고 지나간 뒤의 민둥산처럼 황폐한 기분으로 앉아 있었다. 눈앞에 놓인 유리컵이 처음 보는 물건처럼 느껴졌다. 잔 표면에 맺힌 물방울을 멀뚱히 바라봤다. 물방울들은 곧 한데 모이더니 주르륵 흘러내렸다.

한 시간 뒤, 은결이가 미니스커트를 걸친 최다미 모습을 하고 헐레벌떡 카페로 들어왔다. 그사이 나는 많이 진정돼서, 울먹이지 않는 목소리로 말할 수 있었다.

은결이가 내 인생을 막장으로 만들었다는 원망 같은 건 없다. 의체 맞대여를 제안한 건 은결이지만 선택한 건 나니까. 나는 그 결정을 후회하지 않는다. 단지 오늘 내가 깨우친 것, 최선을 다해도 진심이 통하지 않을 때가 있다는 교훈이 너무도 쓰디썼다.

"그래서, 계약을 파기하자고?"

그렇게 묻는 은결이의 눈동자, 그러니까 내 의체의 인공 안구가 흔들렸다. 이번에는 협박이 아니라 진심임을 아는 까닭이었다.

"그런 말까지 들었는데 계속할 순 없지. 안 그래도 고민이었어. 양심에 찔리는 건 둘째 치고, 너 대학 보내주려다가 내가 못 가게 생겼으니까."

은결이는 뭔가를 말할 듯 입술을 오물거리더니 이윽고 입을 열었다.

"다미 넌 수영을 어떻게 시작하게 됐어?"

웬 생뚱맞은 질문이냐는 생각은 잠시였다. 눈앞에 검푸른 바다가 펼쳐지며 하늘과 만났다. 반짝이는 물비늘에 눈이 부시는가 싶더니, 검고 둥글넓적한 얼굴이 활짝 웃으며 엄지손가락을 치켜올렸다.

"어렸을 때 바닷가에서 살았거든. 맨날 바다에서 놀았어. 우리 아빤 스쿠버다이버였는데, 강습도 하고 장비도 대여했어. 엄만 다이빙하러 온 사람들한테 회랑 해물탕을 팔았고. 아빠가 사람들을 배에 태우고 바다로 나가면 나도 졸라서 따라갔어. 아빠 일하는 거 방해하지 않으려고 허리에 줄을 묶어서 배에 매달고 헤엄치면서 놀았었어."

"세상에, 몇 살이었는데?"

저절로 미소가 지어졌다. 나는 어느새 어린아이로 돌아가 있었다. 수모 쓰기 편하다는 이유로 쇼트커트를 고집하던 여자아이로.

"학교도 들어가기 전이었어. 그래도 아빠한테 배워서 웬만한 영법은 다 할 줄 알았지. 헤엄치다 지겨워지면 스노클을 끼고 물속을 내려다봤어. 그 안은 땅 위랑 완전히 다른 세계였지. 무섭기도 하고, 한편으로는 감동스럽기도 하더라. 양쪽을 자유롭게 오가는 내가 멋지다는 생각도 들고, 두 세계를 잇는 다리가 된 것 같기도 했어."

은결이는 공감한다는 듯, 그리고 계속 말해 보라는 듯 고개를 끄덕거렸다.

"그러다 학교에 들어가서 수영을 배웠는데, 이미 몸이 물에 익숙해서였는지 다른 애들보다 눈에 띄었나 봐. 선생님이 대회에 나가 보라고 해서 나갔는데 덜컥 우승을 해 버린 거야. 공부도 못하고 노래도 못하고 그

림도 못 그리는데 나도 잘하는 게 있다는 사실이 신기했어. 사람들이 칭찬해 주니까 기분 좋더라. 특히 아빠가 너무너무 기뻐했어. 동네방네 자랑을 하고. 그게 참 좋더라. 그렇게 계속하게 됐어."

"행복한 시작이었구나."

은결이는 씁쓸한 얼굴이 되더니 조심스레 입을 뗐다.

"난 울면서 배웠어. 물에 머리 넣기 무섭다고 징징거리면 아빠 사내자식이 그게 뭐가 무섭냐고 날 번쩍 들어서 물속에 던졌어. 그런 날이면 자다가도 소리를 지르며 깼지. 엄마가 그만두게 하자고 애원해도 아빠 막무가내였어. 내 몸이 딱 수영에 최적화된 몸이라고, 아빠가 하라는 대로만 하면 1등 할 수 있다고. 근데 언제부턴가 나도 그런 생각에 물들었나 봐. 시합 나가서 처음 1등 한 날, 아빠 말이 맞았다는 생각이 들더라고. 그때부터 아빠가 내 인생의 롤모델이고, 내가 하고 싶은 것도, 제일 잘하는 것도 수영이라는 착각에 빠지게 됐어."

나는 마음이 아파서 아무 말도 하지 못했다. 프린스라는 화려한 별명의 뒷면은 상처로 얼룩져 있었다.

"선발전 나가기 싫으면 안 나가도 돼. 연습도 하기 싫음 안 해도 되고. 그냥 몸만 바꿔 주면 안 될까?"

은결이 목소리에 간절함이 깊게 배어 있었다. 이제 보니 상대의 몸이 더 아쉬운 사람은 이 녀석이었다.

우린 여전히 서로의 의체 속에 있었고, 마스카라를 짙게 칠한 은결이의 두 눈은 내 대답을 절실히 기다리던 현지의 눈빛을 떠올리게 했다.

"그래, 그럴게."

사실 나는 알고 있었다. 나 또한 이 몸을 포기하지 못할 것임을. 메달을 향해 끊임없이 전진할 것임을. 그것이, 터치패드에 손이 닿을 때까지는 스트로크를 멈추지 못하는 이 집요한 성격 때문임을.

너도 병신이다

도 선발전 우승은 식은 죽 먹기를 넘어선 맹물 마시기였다. 장은결의 탈을 쓴 나를 제외한 남자 19세 이하부 선수는 단 두 명이었다. 그리고 그중 하나는 한눈에 봐도 수영을 갓 시작한 초짜였다. 스타트 때 버저가 울리기도 전에 입수를 하질 않나, 요란하게 배치기를 하지 않나, 그래 놓고 코치한테 당당히 짜증을 부리다니. 경기에 참가하는 선수 수가 너무 적어서 구색을 맞추려고 억지로 참가시킨 게 틀림없었다.

어쨌든 장은결은 전 경영 종목에서 우승을 거머쥐고 가을에 열릴 전국체전에 나갈 수 있게 됐다. 청무남고, 청무여고 수영부를 통틀어 유일하게 출전권을 얻은 선수였다. 청무여고에는 애초에 최다미를 제외하면 우승 후보가 없었고, 청무남고의 경우 모두의 우려대로 권서호가 자신이 출전한 종목에서 죄다 2위 밖으로 밀려나 버렸다. 춘천 수림고 에이스가 1, 2위를 휩쓸다시피 한 탓이었다.

수영장 분위기는 묘했다. 감독과 코치들은 처음부터 이렇게 될 줄 알았다는 듯 시큰둥했고, 아이들 사이에는 체념과 질투가 한데 섞인 뒤숭숭한 분위기가 감돌았다.

하지만 그들이 서호를 대할 때는 완전히 반대였다. 모두가 자기 일처럼 침통하고 억울해했다. 서호가 연습 때마다 최고 기록을 경신해 왔기 때문이었다. 가장 충격 받은 사람은 깊은 기대에 빠져 있던 감독이었다.

정작 서호는 무덤덤해 보였다. 하지만 나에게 축하의 말은커녕 눈길조차 주지 않는 걸 보면, 좌절감이 얼마나 클지 짐작하고도 남았다. 그 다음 주 일요일, 서호가 수영장에 나와 연습하는 모습을 보며 전해지지도 않을 응원을 한 건 그런 이유에서였다.

하지만 그날, 탈의실에서 사건이 터졌다.

나는 탈의실에서 옷을 벗고 곧바로 수영복으로 갈아

입고 있었다. 원래는 연습 전에도 샤워를 해야 했다. 수영장은 여럿이 쓰는 것이니 몸에서 나온 분비물을 그대로 달고 들어가는 것은 민폐니까. 하지만 나는 몸에 묻은 거라곤 먼지뿐이란 이유로 샤워를 건너뛰고 있었다. 다른 아이들도 그러려니 했고, 서호도 평소엔 별말 하지 않았다. 하지만 오늘은 달랐다.

"이야, 위생 관념은 지나가던 개 줬나 봐. 네 레인에서만 놀면, 그 물이 다른 데로는 안 간다든?"

어처구니가 없었다. 인사를 이렇게 하나? 딱 봐도 시비조였지만 움찔할 내가 아니었다.

"때나 밀고 그런 소리 해라. 샤워 한 번 한다고 무균무때 된다든?"

서호가 피식했지만 눈빛은 매서워졌다. 마치 범죄 영화에 나오는 잘생기고 비열한 악당 같았다.

"나 궁금하더라, 뭐가 그렇게 쪽팔려서 이 궁상을 떨까?"

"쪽팔린 거 없어. 물 낭비하기 싫을 뿐이야."

속내를 들킨 것에 뜨끔해진 나는 쓸데없는 변명을 하고 말았다.

"물 낭비? 진심이냐? 인형놀이 한다고 국민 세금은 잘도 갖다 쓰더니."

인형놀이. 사이보그 대회를 이르는 말이었다. 어디서부터 반박해야 할지 알 수가 없었다. 다행히 곧 적당한 말이 떠올랐다.

"장애인도 운동할 권리가 있어."

지극히 사실이었다. 실제로 사이보그 대회는 장애인 경기의 한 분과로 추가되어 열린 거니까.

"네가 어딜 봐서 장애인이냐?"

서호는 코웃음을 치며 내 몸을 위아래로 천천히 훑어보다가, 다리 사이에 시선을 고정하고 씩 웃었다.

"아, 장애인 맞구나. 이거 공갈빵이잖아?"

서호가 그곳을 툭 쳤다. 머릿속에서 스파크가 일었지만 지금 이건 내 의체가 아니라는 사실을 떠올렸다. 이 몸으로 싸움을 벌였다간 은결이가 책임을 져야 된다. 우리 엄마가 수리비를 물어내야 할 수도 있다. 나는 서호를 노려봤다.

"또 해 봐. 그 손 못 쓰게 해 줄게."

"우리 고귀하신 프린스께서 그럴 배짱은 있으시고?"

서호는 주먹을 말아 쥐더니 내 배며 가슴을 툭툭 치기 시작했다.

"아픈 거 못 느낀다더니 진짜냐? 진짜야? 이 새끼 병신 맞네."

은결이한테 뭔 소릴 들었는지 모르겠지만 이 의체는 통증을 느낄 수 있다고! 설령 못 느낀다 해도 이러면 안 되는 거 아냐? 속에서 뜨거운 것이 불쑥불쑥 치솟았지만 가까스로 추슬렀다. 이건 먼저 발끈하는 쪽이 지는 싸움이었다. 나는 서호를 측은하다는 듯 바라봤다.

"새꺄, 너도 병신이다. 마음 병신."

한껏 비웃어 주고 돌아섰다. 더 이상 말 섞는 건 시간 낭비였다. 찰나에 서호의 표정이 굳어지는 걸 봤다 싶었는데, 쾅! 굉음이 울렸다. 순간 무슨 일이 일어난 건지 파악이 되질 않았다. 정신을 차려 보니 내 얼굴이 사물함에 처박혀 있었다. 서호가 뒤에서 밀친 것이었다. 오랜만에 느껴 보는, 그것도 엄청난 통증이 몰려와 까무러칠 것만 같았다. 정신 차릴 새도 없이 서호는 체중을 실어 다시 내 몸을 사물함으로 밀어 버렸다.

"이 새끼가 진짜. 뭐라는 거야, 대가리 속에 전선밖

에 없는 게."

귓가에 서호의 날카로운 입김이 와 닿았다. 그러는 동안 서호는 내 허리께를 거칠게 더듬고 긁어 댔다. 뭔가를 찾는 듯한 움직임이었다. 그러다 곧 그만두고는 욕지거리를 내뱉으며 내 뒤통수를 움켜쥐었다. 얼굴이 몇 번 더 사물함에 처박히는 동안, 나는 시야 한쪽에 떠 있는 목록을 클릭해 통증 감지 기능을 끄고 긴급 구조 신호를 보냈다.

서호는 현행범으로 체포됐다. 은결이 아버지는 내 어깨를 토닥이며 칭찬을 건넸다.

"옛날 같았으면 앞뒤 안 보고 대들다 얻어터졌을 텐데. 녀석, 똑똑해졌네."

우선은 은결이네 차를 타고 휴봇테크에 긴급 수리 점검을 받으러 가야 했다. 의체의 얼굴은 껍질이 여기저기 벗겨진 데다 안구 하나가 깨져서, 한바탕 전투를 치른 터미네이터 같았다. 나는 은결이에게 급히 메시지를 보냈다. 곧 있으면 의체가 바뀔 시간이었다. 은결이가 자기 몸으로 돌아오기 전에 진상을 알아야 했다.

다행히 은결이가 메시지를 읽고 나서 의체가 바뀌었

다. 나는 양손에 쇼핑백을 든 채 우리 집 현관 앞에 서 있었다. 한적한 주변 풍경을 보고 있으니 한바탕 악몽을 꾸다 깨어난 것처럼 몽롱하기만 했다. 반대로 은결이는 갑자기 악몽 속에 뛰어든 느낌이겠지.

집에 들어와서, 처음으로 휴봇테크 서버에 들어가 내 의체로 녹화된 영상들을 돌려 봤다. 도대체 은결이가 서호 같은 애를 왜 좋아하는지 미치도록 궁금해져서였다. 둘이서 무슨 얘기를 하고, 무슨 짓을 하는지 알아야 했다.

장은결과 권서호의 데이트는 하품 나도록 따분했다. 둘이 주고받는 얘기는 시시껄렁했고, 비속어를 빼면 서호의 말에는 이렇다 할 알맹이가 없었다. 둘이 입을 맞추면서 서호의 얼굴이 우스꽝스럽게 찌부러지는 모습에 나는 덩달아 얼굴을 찡그렸다.

장은결, 도대체 왜 저런 때도 눈을 뜨고 있는 거야? 내 눈까지 버렸잖아. 그리고 분명 '뽀뽀까지만' 이랬는데 왜 저 자식이 여기저기 만지게 놔두는 거냐? 따끔하게 한마디 해야지.

뒷덜미가 서늘해지는 순간이 그 후에 찾아왔다. 은결

이가 혼자서 쇼핑몰을 돌아다닐 때였다. 은결이의 시선이 종종 이상한 곳에 머물렀다. 여자들이 브래지어 끈을 정리하는 손길, 가슴 파인 옷을 입은 여자들이 몸을 숙이다 가슴골을 가리는 장면, 치마를 입은 여자들이 의자에 앉을 때 손바닥으로 엉덩이를 쓰다듬으며 치마를 다듬는 모습, 미니스커트를 입고 앉아 있는 여자들의 배배 꼬인 다리.

내 우려가 맞았다. 은결이는 몰카를 찍고 있었다.

그게 바로 나야

은결이를 추궁하기까지 하루를 더 기다렸다. 제대로 된 질문을 하려면 확실한 증거가 필요했고, 은결이와 나 스스로에 대한 분노를 가라앉힐 필요가 있었다. 수영하고 싶다는 헛된 열망에 장은결과 권서호 같은 변태 사이코들에게 내 몸을 던져 주고 말았다는 자괴감에서 헤어나기가 힘들었다.

방과 후, 의체가 바뀌었지만 나는 수영장에 가지 않고 공원으로 은결이를 불러냈다.

"너 몰카 찍은 거 다 알아. 증거도 확보해 놨고."

나의 작은 몸에 들어앉은 녀석을 내려다보며 취조하는 기분은 이상했다. 꼭 공갈 협박범이 된 것 같았다.

"몰카? 증거?"

은결이가 황당하다는 듯 고개를 갸웃했다. 하, 저런 환상적인 연기력으로 날 속인 거군. 간밤에 내려받은 영상을 하나하나 보여 주며 조목조목 따지자, 은결이는 볼을 긁적이며 난감해하기만 했다.

"이번에야말로 계약 파기다. 이건 경찰서에 가져갈 거고."

벌떡 일어서자 은결이가 내 팔을 붙들며 소리쳤다.

"몰카 아냐! 배우려던 거야!"

이건 또 무슨 고양이 엉덩방아 찧는 소리람. 내 의체가 구사하는 악력이 엄청나서 팔을 빼낼 수가 없었다. 그대로 한 걸음 내딛자, 은결이가 두 발로 버티며 속사포처럼 말을 쏟아 냈다.

"서호가 자꾸 장군님이라잖아. 최장군, 장군님. 내가 터프하단 식으로. 최대한 조신하게 행동했는데……. 나는 내가 여자인 줄 알았는데, 아니었던 걸까? 다른 여자들과 나의 차이점이 뭘까? 브래지어 끈이 흘러내린 걸 내버려 둔 게 문제였을까? 치마가 올라가거나 다리가 벌어진 것도 모르고 털썩 앉는 게 문제였을까?"

은결이는 정말로 궁금해 죽겠다는 듯 울상이었다. 나는 웃음이 새어 나오는 걸 가까스로 감췄다.

"최장군은 내 별명이야. 너 그때 베란다에서 떨어져서 연습 못 나왔을 때, 수영부 합동 워크숍 갔잖아? 그때 현지랑 내가 '우상궁과 최장군'이라는 콘셉트로 장기자랑을 했었거든."

당시의 일을 떠올리자 가슴이 서늘해졌다. 그야말로 허옇게 빛이 바랜 추억이었다. 하지만 어처구니가 없다며 웃어 대는 아이를 앞에 두고 추억에 잠겨 있을 수는 없었다.

"뭐야, 그것도 모르고 집에 가서 막 연습했잖아. 하여간 권서호……."

은결이 얼굴에서 웃음기가 싹 가셨다.

"너랑 서호 일, 다 돌려 봤어. 개 진짜 나쁜 놈이더라. 다미 네가 어떻게 참았는지 상상이 안 돼."

은결이가 긴 한숨을 내쉬고는 말을 이었다.

"미안해, 그런 일 당하게 해서."

나는 어깨를 으쓱했다.

"귀한 경험 했다 치려고. 세상엔 겉과 속이 다른, 별

별 인간이 다 있다는 걸 알았어. 그런 인간 상대하려면 흥분해선 안 되는구나, 그런 거. 사실 네 몸이어서 참았지, 내 몸이었으면 치고받고 했을 거야."

은결이가 고개를 끄덕였다.

"나도 좋은 걸 배웠어. 그리고 이제 알겠더라. 안 그래도 서호가 자꾸 더듬어서 좀 아니다 싶었는데……."

"그래, 그거!"

내가 삿대질하자 은결이가 콧등을 찡그렸다.

"그것도 미안. 그 자식 내가 아니라 의체에 관심 있는 거였나 봐. 의체는 어떨 때 죽느냐고 묻길래, 배 속의 배터리를 빼거나 머리 속의 네트워크 모듈이 부서지지 않는 한 그럴 일이 없다고 한 적이 있었거든."

그때 내 허리를 더듬거리며 애타게 찾던 게 배터리 케이스였던 모양이다.

"완전 살인미수네."

"법적으로는 재물 손괴로 판결 나겠지만. 하여튼 이제 걔랑은 끝이야."

말을 마친 은결이는 '이제 됐지?' 하는 눈빛으로 쳐다봤지만, 아까부터 머릿속을 간질이던 것이 있었다.

"근데 네가 여자인 줄 알았다는 건 무슨 소리야? 이거 무슨 의체 맞대여 부작용 아니냐?"

껍데기가 변하면 알맹이도 변한다. 현지가 말한, 줄곧 나를 괴롭혀 온 말이었다. 은결이는 가스 불을 켜 놓고 외출한 것을 뒤늦게 알아차린 사람처럼 당황해했다.

"내가 그랬다고?"

"분명 그랬어. 진짜라면 생각 좀 해 보자. 자기가 남자인지 여자인지 헷갈리면서까지 이럴 필요 없잖아."

은결이는 손끝을 잘근거리며 눈알을 몇 번 굴리더니 침울한 얼굴로 입을 열었다.

"전에 얘기한, 집 밖에 못 나가는 여자애 얘기 기억나?"

"속옷 하나 살 줄 몰라 너 같은 애한테 부탁했다는?"

은결이가 고개를 주억거렸다.

"그게 바로 나야."

뭐야, 나 지금 제대로 들은 거 맞아?

"내가 서호를 좋아한다는 걸 깨달았을 때, 난 그게 그냥 관심이라고 생각했어. 근데 아니더라. 난 서호를 말 그대로 좋아하고 있었던 거야, 친구 이상으로."

은결이는 '좋아하고'에서 두 손으로 하트 모양을 만

들었다. 이런 게 커밍아웃이란 건가! 이런 말을 들을 줄은 상상도 못 했는데!

"처음에 난 내가 게이인 줄 알았어. 늘 남자를 좋아했거든. 영화를 봐도 그렇고, 현실에서도……."

은결이가 서호에게 보인 집착이 드디어 이해가 갔다. 그런데 '처음에' 라고? 지금은 아니라는 건가? 내가 묻기 전에 은결이가 다시 입을 열었다.

"근데 엄마가 쇼핑몰을 시작했어. 집에 옷이 쌓여 가는데, 다 입어 보고 싶은데, 맞지도 않고 어울리지도 않고 미치겠는 거야. 난 옷이 너무 좋아. 어릴 때 입던 드레스도 다 그대로 있어. 절대 버릴 수 없는 것들이지."

은결이 사물함에 붙어 있던 사진이 떠올랐다. 집에도 그런 드레스들이 있다니, 일회성 이벤트가 아니었던 모양이다.

"아빠 말에 수긍하고 수영을 계속한 건 그래서야."

은결이는 지금 내가 들어가 있는 자기 의체를 가리켰다.

"그 몸, 그 커다란 몸이 너무 싫었어. 내 몸이 그렇게 생긴 이유를 수영에서밖에 찾을 수가 없었지. 너무 크고 네모나서 드레스를 입혀 놓으면 괴상하고, 다리 사이엔 거추장스러운 게 달린 그 몸 말이야.”

머릿속에서 종이 울렸다. 은결이는…….

“그래, 난 트랜스젠더야. 잘못된 몸에 들어가 있다는 느낌이 늘 있었는데 중학교 때부터 부쩍 심해졌어. 내 몸은 물론이고 여중 애들 몸이 하루가 다르게 달라지는 걸 보니까, 이상하게 내 걸 빼앗긴 것 같더라. 아니, 세상에서 제일 싫어하는 장난감을 생일 선물로 받은 기분? 그래서 엄마 아빠를 졸랐어, 수술받게 해 달라고.”

“성전환 수술?”

은결이는 고개를 끄덕이면서도 ‘성확정 수술’이라고 고쳐 말했다.

“두 분 다 반대하셨지, 대수술이니까. 후유증도 만만찮고. 하지만 내가 고집을 부리고 정신과 검사도 내 손을 들어 주니까, 엄마가 호르몬 치료부터 해 보자고 했어. 일단 내가 느끼는 불쾌감을 줄여 보자고, 다 크고 나서도 내 생각에 변함이 없으면 수술을 생각해 보자고. 근데 아빤 그것도 반대했어. 호르몬 때문에 뼈랑 근육이 약해진다는 거야. 그럼 수영은 그만둬야 한다고.

그런 어설픈 몸으로는 여성부, 남성부 어느 쪽도 출전할 수가 없다고. 그때 꼭지가 돌았지. 나한테는 관심이 없구나. 오로지 빌어먹을 수영, 수영……. 베란다에서 뛰어내린 건 그래서야. 그런 몸에 갇혀 있기 싫어서. 그리고 그런 아빠랑 같이 살기 싫어서."

거대한 침묵이 흘렀다. 이 엄청난 얘기에 뭐라고 대꾸해야 할지 알 수가 없었다. 머리 위에서 지저귀는 새 소리가 터무니없이 크게 들려왔다.

"깨어 보니 의체 속이더라. 뼈랑 근육이랑 장기가 다 부서지고 찢어졌대. 살아서 다행이다 싶으면서도 허탈했어. 그러다 점점 화가 나는 거야. 이왕 이렇게 된 거 여성형 의체를 사 줬으면 좋았잖아? 사실 엄마는 그러자고 했는데, 아빠가 우겨서 이렇게 된 거야. 그놈의 수영을 포기할 수가 없어서. 성별을 바꾸면 게놈 맞춤형 의체는 물 건너가는 거니까. 아빤 해외에서 이미 사이보그 대회가 열리는 걸 알고 있었거든."

"그래서 몸을 바꾸자고 한 거구나."

"맞아. 수영이 징글징글하단 말, 진심이야. 하지만 그것보다도 여자 몸에 들어가 있으면 어떤 기분일까, 편안하게 느껴질까, 그게 정말 궁금했어. 작년부터는 도저히 안 되겠어서, 수영 그만둘 거니까 의체 바꿔 달라고 했어. 근데 아빠가 뭐라는지 알아? 내가 슬럼프 온 거래. 아니라고 하니까 아빠가 조건을 걸었어. 체전 나가서 메달 따 오면 바꿔 주겠다고. 예전에 내가 1등 하고 나서부터 태도가 달라진 걸 기억하고 있던 거야. 이번에도 그런 꼼수가 통할 줄 안 거지. 난 이제 물만 봐도 진저리가 나는데."

비어 있던 퍼즐 조각이 드디어 전부 채워졌지만, 완성된 그림은 참혹했다.

"얼마나 힘들었을지 상상도 못 하겠어."

"할 수 있어. 너 말고는 아무도 못 해."

은결이 얼굴에 슬픈 미소가 떠올랐다. 이제 내가 수영을 계속해야 할 이유가 하나 더 늘었다. 잘못된 몸에 들어앉은 또 다른 소녀, 그 아이를 구원해야 했다.

소녀들이 내 안에서

봄이 지나고, 여름이 가고, 가을이 왔다. 나는 두 달에 한 번씩 사이보그 업체들이 돌아가며 주최하는 사이보그 수영 대회에 나가며 긴장을 유지하고, 은결이는 엄마의 쇼핑몰 운영을 도왔다. 서호는 은결이 의체를 훼손한 일로 석 달의 보호 관찰 처분을 받았고, 그 기간이 끝나자 먼 곳으로 이사를 가 버렸다.

은결이는 학폭위와 경찰 조사에 끌려다니느라 서호와 단둘이서 얘기할 기회가 없었다고 불만이었다. 그건 나도 마찬가지였다. 실질적인 피해자는 나였지만 그 사실을 아는 건 은결이와 현지뿐, 겉보기에는 전 여자친구에 불과했기에 서호한테서 사과를 받아 낼 수가 없었다.

어쨌거나 일이 돌아가는 꼴을 보니 서호에게 안쓰러운 마음이 들어서 그럴 생각은 접어 버렸다. '과열 경쟁', '청소년 학대', '장애인 혐오'. 이 일에는 사람들이 좋아하는 해시태그가 덕지덕지 붙어 있었던 것이다.

기자들이 원주 일대를 들쑤시자, 서호 아버지가 동네 건달이었고 어머니는 노래방 도우미였다는 사실, 서호가 그 둘에게서 매 맞는 걸 봤다는 목격담, 감독으로부터는 폭언에 시달렸다는 증언이 매일 같이 뻥뻥 터졌다.

그 와중에 감독의 태도가 어이없었다. 자기도 피해자라는 거였다. 어느 인터뷰에서 그는 '자신의 충고를 선수들이 악의적으로 해석했다'고 우겼다. 은결이와 나는 의체로 녹화된 영상을 뒤져서 감독이 '후배들의 장래를 염려해 선배로서 따끔하게 질책한' 장면들을 쏙쏙 뽑아 언론사에 보냈다.

감독은 그걸 찍은 범인을 찾아내겠다고 수영부 애들을 하나하나 취조하며 윽박질렀고, 나와 은결이는 그것까지도 언론사에 보냈다. 이미 싸늘해진 여론은 더욱 싸늘해졌다. 청무재단은 감독을 해임했고, 감독은 맡고 있던 직책을 전부 내려놓고 종적을 감춰 버렸다.

서호와 감독을 다시 만날 기회가 올까? 수영을 계속 한다면 그럴지도. 그때 그 두 사람은 지금과 같은 모습일까? 이번 일을 계기로 조금은 달라져 있을까?

"……연줄을 총동원해서 그 둘을 완전히 밟아 버릴 수도 있었지. 하지만 널 위해서 참았다. 사람 일이란 모르는 거거든. 언제 어디서 어떻게 다시 만날지 모르는 거야. 그 둘이 사고가 나거나 병에 걸려서 의체로 전환할 수도 있고, 혹시라도 나중에 게놈 맞춤형 의체가 더 발전하면 사이보그 대회가 일반 대회에 통합될 수도 있고. 그때 가면 네가……."

어느 평일 오후, 휴봇테크에 정기 점검을 받으러 가는 길이었다. 나는 꼼짝없이 은결이 의체에 들어앉아 은결이 아버지가 그리는 '장밋빛' 미래에 귀를 기울여야 했다. 지루하지는 않았다. 도리어 너무 끔찍해서 한 마디도 놓칠 수가 없었다. 운전석에 앉은 중년 남성은 자기 아들이 메달을 따면 의체를 바꿔 주겠다고 한 약속을 잊어버린 사람 같았다.

휴봇테크에 도착한 뒤 난 어느새 엔지니어들에게 둘러싸여 있었다. 그들은 의체의 배와 팔다리를 활짝 열어 살피고 부품들을 바꿨다. 지난번에는 은결이가 자연인체일 경우 성장했을 예측치를 반영해서 몸통과 손발이 커지고 팔다리가 길어지더니, 이번에는 관절에 들어가는 모터와 뱃속의 배터리가 모조리 바뀌었다.

"이 배터리 꽤 작아 보이는데요. 몇 시간이나 가는 거예요?"

내 질문에 "여섯 시간"이라는 대답이 돌아왔다. 내가 놀라자 은결이 아버지가 설명했다.

"연습 때랑 경기 때만 하는 거야. 이 모터가 좋긴 한데 무게가 좀 나가거든. 늘어난 무게를 줄이려면 배터리를 작은 걸 쓸 수밖에 없어."

나는 어안이 벙벙한 채로 은결이 아버지의 설명을 따라갔다.

"배터리랑 충전기를 탈의실에 갖다 놓고 연습 전에 바꾸면 돼. 연습 끝나면 꺼내서 충전기에 꽂아 놓고."

"하지만 배터리를 빼는 순간 저는 멈출 텐데요?"

의문을 해결해 준 사람은 수석 엔지니어였다.

"우리 직원을 상주시킬 거야. 그 사람이 도와줄 거란다. 이번 경기는 우리한테도 중요하거든."

"그렇게까지 해야 돼요? 모터 성능이 얼마나 좋길래. 아니, 너무 좋아도 문제 아녜요? 게놈 맞춤형이면……."

"과학적으로 계산된 거야. 네 성장 추정 곡선을 바탕으로 최대한 낼 수 있는 근력을 내게 될 거야. 자, 체중을 한 번 재 볼까?"

열려 있던 뚜껑이 전부 닫혔다. 체중계에 올라서자 80.54킬로그램이라는 수치가 떴다. 지난번에 몸이 커지면서 300그램 정도 늘어나 80.95킬로그램이 됐는데 도리어 그 전보다도 줄어든 것이다. 엔지니어들이 만족스러운 듯 눈빛을 주고받자 은결이 아버지가 흐뭇하게 웃었다.

"다이어트 한 셈 치자. 시합 전에 죽어라 연습하면 줄기도 하니까."

엔지니어들은 신체 치수, 체중, 근력 모두 대회가 규정한 한도에서 벗어나지 않는다며 이대로 가자고 했다. 자, 나는 이제 체중은 줄어들고 근력이 늘어난 몸이 되었다. 수영 선수에게 이게 어떤 의미인지 모르는 사람은 아마 없겠지.

"근데 우리만 이러고 있는 거 아니잖아요. 피지컬테

크나 바이오봇에서도 이러고 있을 텐데요."

"그렇겠지. 엄청난 차이는 없을 거다. 그러니 여기서부터는 네 역할이 중요해지는 거야. 네가 이기면 우리가 이기는 거다. 우리가 이기면 이 바닥 대표 브랜드는 우리가 될 거고."

"어차피 의체 수요도 얼마 없잖아요."

"두고 봐, 멀쩡한 몸 버리고 의체로 갈아타려고 줄을 설 테니."

아저씨부터 바꿔 보지 그래요? 그 말이 목젖까지 올라왔지만, 그가 내뿜는 자신만만함에 나는 입을 다물고 말았다.

그날 저녁, 나는 숙제를 펼쳐 놓고 멍하니 앉아 있었다. 휴봇테크에서 있었던 일이 머릿속을 떠나지 않았다. 거대한 급류에 휘말려 버린 기분이었다. 그 속에서 내가 할 수 있는 일이란 기절하지 않으려 두 눈을 부릅뜨는 것뿐인 것 같았다. 당연히 선수 개인의 역량만으로 경기를 치르긴 힘들다. 모든 스포츠가 그렇다. 하지만 이건 문제가 다르다.

달칵, 현관문이 열리며 엄마가 들어왔다. 구부정한

모습이, 등에 커다란 짐을 잔뜩 짊어진 사람 같았다.

"일찍 왔네?"

"어, 화정 이모가 몸살이 났는지 영 정신을 못 차려서. 그냥 집에 가라 그러고, 에라 나도 쉬자 하고 왔어."

엄마는 씻을 기운도 없는지 그대로 방에 들어가 누웠다. 부스럭거리는 소리가 들려서 슬쩍 들여다보니 엄마가 파스를 뜯어서 등에 붙이려고 하고 있었다. 나는 얼른 가서 엄마를 도왔다. 붙이라는 데를 다 붙이고 나니 엄마의 깡마른 등에는 빈틈이 보이지 않았다. 그 와중에 엄마의 몸에서는 비린내와 파스 냄새가 경쟁을 벌이고 있었다.

"엄마, 힘들지?"

"맨날 하는 일이 뭐가 힘들어. 원래 나이 들면 하는 거 없이 여기저기 결리고 그래."

나는 엄마의 어깨와 팔다리를 꾹꾹 주물렀다. 엄마가 시원하다며 즐거운 비명을 질렀다.

"엄마, 우리 식당 때려치우고 마사지숍 차릴까? 내가 마사지하고 엄마는 돈 받고."

"좋지. 엄마 어릴 적 장래 희망이 경리였거든. 그래서

상고 간 건데…….”

엄마는 금세 조용해지더니 곧 코를 골기 시작했다. 나는 엄마의 주름진 얼굴을 가만히 바라봤다. 그 주름을 걷어 내면, 회계원리 교과서와 씨름하며 계산기를 두드리는 소녀가 방긋 웃고 있을 것 같았다.

구원해야 할 소녀가 하나 더 늘었다. 소녀들이 내 안에서 저마다 목소리를 높이고 있었다. 그중 어느 목소리에 귀를 기울여야 할지 알 수가 없었다. 하지만 그래야 할 순간이 다가오고 있었다.

터치패드에 다다랐음을

일주일간 치른 사이보그 전국체전. 나는 내가 출전한 남자 19세 이하부 개인 단거리 종목에서 모두 메달을 거머쥐었다. 금메달이 6개, 은메달이 5개, 동메달이 2개였다.

이 메달들은 내가 따는 걸까, 휴봇테크가 따는 걸까? 기뻐하는 게 맞는 걸까? 그렇게 한 발짝 떨어진 듯한 마음가짐으로 경기를 하다 보니 메달을 따야 한다는 압박에도 불구하고 긴장감 같은 건 전혀 느끼지 못했다.

대회 마지막 날. 그날도 메달을 받기 위해 단상에 올랐지만 그 영광을 오래 누리진 못했다. 메달을 목에 걸고 억지웃음을 짓는 순간, 의체가 뒤바뀌어 관중석에 앉아 있었던 것이다.

은결이는 마음의 준비를 하고 있었던지 표정 하나 바꾸지 않고 사방을 향해 활짝 웃고 메달을 어금니 사이에 끼워 깨물었다. 단상 근처에서 은결이 아버지와 휴봇테크 수석 엔지니어가 환호성을 지르며 얼싸안더니 만세 삼창을 했다.

관중석을 둘러보니 선수들의 가족과 친지들, 색색의 유니폼을 차려입은 사이보그 업체 직원들로 북새통이었다. 하지만 없는 사람이 있었다. 은결이 어머니와 우리 엄마. 은결이 어머니는 아들이 체전에 나가지 않았다는 걸 알고 있었고, 우리 엄마는 딸이 체전에 나간 사실조차 몰랐다.

쓸쓸한 기분으로 경기장을 나섰다. 경기장 안팎의 눈이 닿는 곳곳에 사이보그 업체들의 플래카드가 어지러이 나부꼈다. '인류는 병자도 노인도 없는 시대를 맞이했습니다! 바이오봇이 그 시대를 주도합니다!' '게놈 분석과 의체 구현 기술의 결정체! 피지컬테크와 손잡으십시오!'

체전이 열린 곳은 시내에서 꽤 떨어져 있었다. 올 때

응원단 자격으로 은결이네 차를 얻어 타고 왔기에 집에 가려면 두 사람을 기다려야 했다. 주차장을 서성이면서, 이 순간에도 꽃게를 손질하고 해물탕의 간을 보며 비지땀을 흘리고 있을 엄마를 생각했다.

몇 시간이 흘렀을까. 엄마 생각도 지루해져 한창 스쿠버다이빙 영상을 탐색하고 있을 때였다. 저 멀리서 은결이 아버지가 나타났다. 그 뒤를 따라오는 은결이는 어쩐지 표정이 어두웠다. 다 함께 차에 올라타자마자 고성이 터졌다. 은결이가 아버지를 몰아세웠다.

"바꿔 준다 했잖아! 메달도 이렇게 많이 땄잖아!"

"네가 한 게 아니잖아."

은결이 아버지가 답하더니 거울을 통해 나를 쳐다봤다.

"수고 많았다, 다미야. 축하하고, 고맙다."

응원이라는 명목으로 며칠간 이 부자를 따라다녔다. 그가 내 의체와 똑바로 시선을 맞춘 것은 처음이었다. 가슴이 덜컥 내려앉았다. 다 알고 있었다니. 은결이도 사색이 되었다.

"모를 줄 알았니? 휴봇테크에서 매주 보고서를 보내

오는데.”

“근데 왜…….”

“처음엔 화났지. 근데 생각해 보니 괜찮더라고. 모두에게 윈윈이었지.”

어깻죽지에 소름이 돋는 기분이었다. 그간 우린 사기를 친 게 아니라 당한 거였다.

“그럼 의체는……?”

은결이는 겁에 질려 있었다.

“사 줄 거야. 대신, 학교 갈 땐 쓰면 안 돼.”

은결이가 뭐라고 말하려는데 은결이 아버지가 무시하고 뒤를 돌아 나와 눈을 맞췄다.

“다음엔 세계선수권대회 어떠냐? 이대로 올림픽까지 달려 볼래?”

머릿속에 화려한 그림이 그려졌지만 곧 커다란 붓이 난입해 그림을 엉망으로 만들었다.

“계속 이럴 순 없어요. 전…….”

“대학 갈 걱정 때문에 그러지? 다 생각해 뒀다. 대신 시험 봐 줄 사람이야 얼마든지 구할 수 있거든.”

다른 사람의 뇌를 내 의체에 접속시켜 수능을 보게

해 주겠다는 거였다. 나는 입을 벌리고 경악했다.

"그건 불법 아닌가요?"

"너희가 한 건 합법이니? 아직 이쪽 법이 미비해. 경기나 시험 전에 뇌와 몸이 일치하는지 검사하는 법 같은 건 없다."

차 안에 정적이 맴돌았다. 각자의 머릿속에서 무언가가 똑딱똑딱 돌아가며 계산하는 소리가 들려오는 것 같았다.

나는 엄마를 생각했다. 현지를 생각했다. 내 안의 여러 소녀를 생각했다. 그중 누군가가 여기서 그만두라고 했다. 하지만 다른 누군가는 끝까지 밀어붙이라고 했다. 터치패드에 손이 닿을 때까지 스트로크를 멈추지 못하는 그 소녀였다. 그래, 네 말대로 해 보자. 한 톨의 미련도 남지 않도록.

"게놈 맞춤형으로 바꿔 주시면 생각해 볼게요."

은결이 아버지가 헛웃음을 터뜨렸다.

"그럼 내 아들이 아니게 되잖니."

"휴봇테크에 직접 물어보죠. 메달의 진짜 주인이 누구인지 안다면, 그 정도 투자는 해 줄 것 같은데요."

내 도발에도 은결이 아버지는 느긋했다.

"전환 전에 게놈 분석을 받아 놨었니? 그런 게 아니라면 게놈 맞춤형 의체는 만들 수 없어."

몰랐던 사실이었다. 거대한 파도에 휩쓸려 맨땅으로 나가떨어진 기분이 들었다. 나는 티 내지 않으려 애쓰며 할 말을 찾았다.

"뇌세포 떼서 분석하면 되죠."

은결이 아버지는 따분하다는 듯 고개를 저었다.

"뇌는 건드릴 수 없어. 재생이 안 되니까. 세포를 떼어 내면 그 부분에 장애가 남게 될 수도 있어."

또 다른 충격이 덮쳐 왔다. 이것도 몰랐던 사실이었다. 혼란한 가운데 나는 깨달았다. 터치패드에 다다랐음을.

"그럼 저한테 선택지는 장은결이 되든가, 보급형으로 남든가 둘뿐이군요."

은결이 아버지는 간결하게 고개를 까딱했다. 두 눈빛에 담긴 것은 무한한 자신감, 아니 오만함이었다. 나는 그걸 깨부수고 싶어졌다.

"그냥 보급형으로 살래요."

"그럼 이렇게 하자. 은결이 여성형 의체도 물 건너가는 걸로."

"나도 그냥 남자로 살 거야, 엄마랑! 아빠랑은 안 살아!"

은결이가 외치자 은결이 아버지의 표정이 바뀌었다.

"네 머릿속에 이상한 생각을 심어 놓은 여자랑 살겠다고? 네가 남잔지 여잔지 헷갈리게 만드는 그런 여자랑?"

"이상한 생각 아냐. 헷갈린 적도 없고. 그리고 우리 엄마한테 그런 여자라 하지 마."

은결이와 나는 동시에 차에서 내렸다. 등 뒤에서 은결이 아버지가 소리쳤다.

"그 여자한테 가면 친권 소송 벌여서 데려올 거다!"

"해 봐! 기자들 불러서 이 메달이 누구 건지 다 불어버릴 거니까!"

은결이는 목에 걸린 메달을 벗어서 차 안으로 던졌다. 우리는 보란 듯 문을 쾅 닫고 큰길 쪽으로 걸었다. 버스 정류장까지는 꽤 걸어야 했다. 우리는 손을 맞잡고 흔들며 씩씩하게 앞으로 나아갔다. 그런 모습을 지나가던 기자들이 찰칵찰칵 찍었다. 우리 둘이 사귄다고 또 소문이 돌겠군. 맘대로들 생각하라지.

"최장군, 이제 수영 안 할 거야?"

"해야지. 우리 계약 중이잖아. 근데 대회 나가는 건 관둘래. 내가 싸워서 이겨야 하는 건 물이지 옆 레인 선수들이 아니라는 걸 알았어. 아니다, 물은 내가 싸워야 할 대상이 아니야. 난 물과 하나가 되고 싶어. 레인 같은 거 사라졌으면 좋겠어. 물놀이는 혼자 하면 재미없잖아."

은결이는 긴 감탄사를 내보냈다.

"겁나 느끼한데? 그래도 멋있어. 그럼 우리 아예 바꿔 버릴래? 24시간 맞대여, 어때?"

나는 내 몸을 내려다봤다. 이제는 익숙하고 친근한 몸이었다. 엄마가 딸로 생각하는 몸. 이 몸을 종일 떠나 있는 건 상상할 수가 없었다.

"그건 안 될 것 같아. 이 몸에 정들기 시작했거든."

"좋겠다. 난 싹 뜯어 고치고 싶은데."

"엄마한테 여성형 의체 사 달라고 하면 안 돼?"

"무리해서라도 사 주시겠지. 근데 그걸 알면 이 몸은 아빠가 폐기해 버릴걸. 그럼 네가 수영을 못 하잖아."

"무선 충전 등급으로 사면 되지."

"일반 무선 충전 의체 엄청 무거워. 바로 가라앉을 거야."

내가 심각한 얼굴이 되자 은결이가 씩 웃었다.

"걱정 마. 이번에 업그레이드하는 거 보니까 어떻게 해야 할지 알겠어. 쇼핑몰 모델을 계속해서 번 돈으로 조금씩 바꿀 거야. 몸통 줄이고, 팔다리도 가늘게 만들고."

"그리고 런웨이로 진출?"

"그렇지!"

모델계에서는 우리 같은 애들을 어떻게 받아들일까? 백지가 돼 버린 미래를 우린 어떻게 그려야 할까?

누가 우릴 보면 철딱서니 없다고 할지 모른다. 평탄하고 넓은 길을 버리고 울퉁불퉁하고 좁은 길로 들어섰으니 말이다. 하지만 난 그 길이 편안하다. 걷다 돌부리에 발이 걸려 넘어지면 잠시 물웅덩이 옆에 앉아 그 안을 들여다볼 것이다. 가끔은 드러누워서 별무리를 이불 삼아 잠을 청하기도 하겠지. 그리고 내 곁에는 언제나 은결이가 함께할 것이다.

몇 번 더 부서져도

은결이는 엄마와 함께 살기 시작했다. 수영부는 탈퇴했지만, 고맙게도 시립 체육관 수영장에 등록해 줬다. 나는 시간이 허락할 때마다 그곳에 가서 수영을 즐겼다. 내 실력에 놀란 사람들이 아마추어 수영 대회에 나갈 것을 권하곤 했지만 나는 못 들은 체했다.

엄마에게는 내가 저지른 비행을 죄다 고하고, 새로운 의체는 필요 없다고 했다. 엄마는 엄마답지 않게 놀라서 야단을 쳤고, 수영을 포기하지 말라고 애걸하기도 했다. 내가 굳세게 고개를 젓자 엄마는 바람 빠진 풍선처럼 축 늘어지더니 며칠간 몸살을 앓았다. 그리고 그 후 부쩍 활기차게 변했다.

나는 학원에 등록하고 공부 시간을 늘렸다. 그래도 성적은 제자리였다. 암담했다. 역시 지능이 의지만으로 높아지는 건 아니구나. 도대체 이 머리로 할 수 있는 일이란 뭘까. 내가 한탄하자 은결이가 휴봇테크 방문을 권했다. 가서 신보영 박사라는 사람을 만나 보라는 것이었다.

"우리처럼 어릴 때 전환했어. 연구원인데 상담도 하시는 분이야. 매뉴얼을 읽어 봤다면 알겠지만."

겨울방학이었지만 학교에서는 예비 고3들을 붙잡아 놓고 보충수업을 하고 있었다. 나는 하루를 완전히 땡땡이치고, 대전으로 가는 버스에 올랐다.

박사는 잔잔한 미소로 상대를 편안하게 만들어 주는 사람이었다. 가벼운 잡담 끝에, 보여 줄 것이 있다며 박사가 나를 어느 건물로 이끌었다. 건물 지하에는 오븐 크기의 수조들이 닭장처럼 쌓여 있고, 그 안에는 분홍빛 덩어리들이 둥둥 떠 있었다. 의체로 전환한 사람들의 뇌였다.

뇌에서 삐져나온 척수와 혈관에 인공신경과 인공혈관 다발들이 접합되어 있었다. 인공신경은 휴봇테크의 슈

퍼컴퓨터로, 인공혈관은 이 건물을 통째로 차지하는 생명 유지 설비로 이어진다고 했다.

박사를 따라 발걸음을 옮기다 보니, 내 생년월일과 이름이 눈에 들어왔다.

수조 안을 가만히 들여다봤다. 작은 공간을 꽉 채운 인공 뇌수에서 공기 방울이 보글보글 올라오고 있었다. 그리고 그 안에 잠겨 있는 뇌. 저 분홍빛의 올록볼록한 살덩어리가 나다. 나는 언제나 물속에 있었구나. 이 의체는 물속에 잠긴 나를 물 밖의 세상과 연결해 주는 다리였다. 나는 먹먹하고 말로 표현할 수 없는 기분에 사로잡혔다.

"기분 이상하지? 나도 여기 올 때마다 그래. 특히나 저기 있는 내 뇌를 볼 때면."

박사가 가리킨 곳으로 가봤다. 신보영. 수조에 붙어 있는 이름이었다. 박사는 예술고등학교에 재학 중이었고 피아노를 쳤었는데 큰 교통사고를 당한 탓에 의체로 전환하게 됐다고 했다.

"그런데 애들이 '피아노 인형'이라고 놀리는 거야. 잘 치면 잘 쳐서, 못 치면 못 쳐서. 그 바닥 인식이 그렇거든. 로봇 손으로 치는 건 작동이지 연주가 아니라는 거야. 사람은 한계를 뛰어넘으며 성장하지만 기계는 그게 불가능하지 않느냐고. 그래서 콩쿠르에 나갈 수가 없었어."

신보영 박사는 음대가 아닌 공대를 갔고, 지금은 의체 주인 스스로의 노력에 따라 발전할 수 있는 의체를 연구 중이라고 했다.

"내가 하려는 건 개발이 아니라 발견일지도 몰라. 의체도 그런 발전을 할 수 있다는 걸 밝혀내는 게 우선이거든. 자연 인체도 엄밀히 따지자면 유기물로 이뤄진 기계야. 발전하는 원리와 구조가 좀 다를 뿐이지."

"연구 끝나면 전 할머니 다 돼 있겠는데요."

내 시무룩한 반응에 박사가 웃었다.

"그럴지도. 이건 어때? 심해나 우주로 간 사이보그 얘기 들어 봤니? 특수 소재로 만들면 가능하거든."

눈이 크게 뜨이는 기분이었다. 아이언맨처럼 우주를 날고 잠수정이 되어 마리아나 해구를 탐험할 수 있다는 것이었다.

"도전해 봐. 우리 같은 우주비행사나 해양탐험가를

뽑는 곳이 꽤 있으니까."

"공부 잘해야 되지 않아요?"

"어떤 분야에서는. 하지만 열정과 끈기를 중요시하는 분야도 있고, 감수성이 필요한 분야도 있어. 사람 사는 곳이라면 다 그렇듯이."

박사와 나누던 상상은 어느새 의체에 관한 현실적인 이야기로 흘러갔다. 박사는 내가 매뉴얼을 읽어 보지 않은 것을 나무라지 않았다.

"자연 인체인 사람도 의학책을 읽진 않지. 그래도 자기 몸에 대해 알고 있으면 비상 시에 도움이 될 거야."

박사는 연구단지 안에 있는 의체 구동 테스트실로 나를 데려갔다. 체육관이나 다름없는 그곳에서, 나는 1톤짜리 역기를 들어 올리고 시속 60킬로미터의 속도로 달렸다. 멀리뛰기 최고 기록은 10미터, 높이뛰기는 5미터였다. 발바닥에 로켓만 안 달렸다 뿐이지 거의 아이언맨이었다. 대한체육회에서 보급형 의체가 선수 등록을 할 수 없도록 규정한 것, 교육법상 보급형 의체가 체육실기에서 A를 받을 수 없는 것은 당연한 일이었다.

집으로 돌아가는 내내 흥분을 떨칠 수가 없었다. 세

상은 내가 할 수 없는 일만 가득한 곳이 아니었다. 내가 할 수 있는 일은 무지 많았다. 그 일을 찾기만 하면 됐다. 그리고 그 순간은, 늦지 않게 찾아왔다.

겨울방학이 끝나 갈 무렵, 보충수업을 들으러 학교로 가는 길이었다. 도로 옆 인도를 걷는데 경적이 요란하게 울렸다. 그 주인공은 우리 엄마의 고물차가 큰절을 해야 할 정도로 오래된 승용차였다.

차는 끊임없이 경적을 울리며 내리막길을 질주했다. 운전자가 창밖으로 고개를 내밀고 손을 휘저으며 고함을 질러 댔는데, 소음에 묻혀 무슨 말인지 알 수가 없었다. 주변에서 "뭐지?", "어어, 왜 저래?" 하는 말들이 들려왔다. 누군가가 소리쳤다.

"브레이크가 고장 났나 봐!"

차는 사거리에서 신호를 기다리는 샛노란 유치원 버스를 겨우 몇 미터 앞두고 있었다. 버스 안에는 유치원생들이 가득했고, 다른 차선에는 출근 차량들이 하나둘 지나가고 있었다. 직진하든 방향을 틀든 사고는 피할 수 없어 보였다.

나는 생각할 겨를도 없이 버스와 문제의 승용차 사이

의 공간을 목표로 훌쩍 뛰었다. 그리고 한 번의 도약으로 그곳에 착지했다. 차는 코앞까지 다가와 있었다.

두 발을 단단히 디뎠다. 몸을 앞으로 굽히고 두 팔을 끝까지 뻗었다. 차가 시야에 가득 들어찬 순간, 굉음이 울리고 불똥이 튀었다. 나는 체중을 앞으로 실은 채 뒤로 밀려나지 않으려 버텼다. 발바닥에서 스파크가 일었다.

나와 차는 한 덩어리가 되어 밀려가다 버스에 부딪히기 직전에 멈췄다. 시야가 일그러지더니 깜빡거리기 시작했다. 네트워크 모듈이 손상된 모양이었다. 에어백에 파묻힌 운전자가 고개를 들었다. 눈이 마주친 순간, 나는 정신을 잃었다.

의체의 상당 부분을 수리해야 했다. 비용이 꽤나 나가서 엄마는 24개월 할부를 끊었다. 그렇다고 야단을 맞지는 않았다. 조금 주저하는 것 같긴 했지만 엄마는 결국 잘했다는 말로 사태를 마무리 지었다.

어느 따뜻한 봄날, 나는 강원경찰청에서 용감한 시민상을 받게 됐다. 청장은 '여린 소녀가 어떻게 그렇게 장한 일을 했느냐'며 나를 칭찬했다. 신체적으로나 정신적으로나 '여림'은 나와 거리가 멀다고 생각했지만 그래도 겸손을 떨었다.

"사이보그라면 다 할 수 있는 일이었어요."

"할 수 있는 것과 실제로 하는 것 사이에는 큰 차이가 있지. 그때 거길 지나던 사이보그가 100명 있었다면 100명이 전부 뛰어들었을까?"

청장은 미래의 나를 위해 경찰청에 자리를 마련해 놓겠다고 했다. 으레 하는 말이란 걸 알면서도 기분이 좋았다. 나는 포상금을 전부 엄마에게 주었다. 그걸로 수리비를 다 갚을 수는 없겠지만 도움은 될 터였다. 슬며시 안도하는 엄마를 보니 뿌듯했다. 하지만 진짜 상은 따로 있었다. 은결이와 함께 현지가 시상식에 와 준 것이다. 나는 기념 촬영을 끝낸 뒤에야 그 둘을 발견했다.

엄마는 친구들을 집까지 태워 주겠다고 했다. 은결이는 조수석에 앉겠다며 나에게 뒷좌석을 양보했다. 현지와 나란히 앉으니 마지막으로 이렇게 앉았던 날이 떠올랐다. 그때 현지는 은결이 의체에 접속한 나에게 편지를 건넸었지. 마치 어제 일어난 일처럼 생생했다.

은결이는 방학 동안 현지를 만나 그간의 일들을 얘기

하고 미안한 마음을 전했다고 했다. 그러면서 커밍아웃을 해야 했지만 전혀 개의치 않는다고.

“이젠 확실해졌으니까. 안개 속을 헤매던 날은 이제 안녕.”

은결이가 유쾌한 말투로 말했다. 은결이는 그새 헤어스타일을 바꿨다. 긴 생머리에 스팽글이 촘촘히 박힌 재킷을 입은 은결이는 곧 무대에 오르려는 로커 같았다.

“난 새로운 안개 속에 들어와 버린 것 같지만, 언젠가는 출구를 찾겠지?”

내 말이 끝나기만을 기다렸다는 듯 현지가 미소를 띠며 휴대폰을 내밀었다.

“이거 볼래? 벌써 이만큼이나 모였어. 회원들이 카페를 이대로 두고 히로인 최다미를 계속 후원하자고 하더라. 너 몇 번 더 부서져도 될 것 같아.”

현지는 은결이와 함께 인터넷 카페를 개설해 내 사연을 알리고 수리비를 모금하고 있었다.

“우상궁! 마음은 고맙소만, 아는 체하지 말라던 선언은 어떻게 된 것이오?”

“그 안갯속은 이제 빠져나왔거든. 은결이한테 들었

어. 감독 고발하자고 한 게 너라며?"

나는 어깨를 으쓱했다.

"고마워. 영상 보낸 사람이 너라는 게 밝혀졌으면 골치 아팠을 텐데. 그때 감독 난리친 거 진짜 무시무시했잖아."

"이판사판이었지. 권서호만 욕 얻어먹는 거, 별로더라고."

"역시 대인배! 장군, 장군께서는 소인이 아는 그 최다미가 맞사옵니다!"

현지가 생긋 웃고, 나도 따라 웃었다. 조그만 차 안에 웃음소리가 가득했다.

작가의 말

몸은 무엇일까요? 영혼을 담는 그릇? 나의 일부? 나의 전부? 나라는 인간 자체?

태어난 지 얼마 되지 않은 아기는 자기 몸에 대해 인식하고 탐색하며 신체 발달로 바쁜 시간을 보냅니다. 손이 자기 것인 줄도 모르고 휘두르다 자기 눈을 때리기도 하고 자기 몸에 그런 게 달린 것이 신기해서 한참을 들여다보거나 입에 욱여넣고 빨기도 합니다. 그러다 그 손으로 물건을 쥐고, 밥을 먹고, 그림을 그리는 등 점점 복잡한 활동을 할 수 있게 되지요.

2차 성징이라는 변화를 겪을 때가 오면, 사람들은 자신의 몸을 다시 한번 크게 인식합니다. 이때 나와 나의 몸, 그리고 내 주변의 사람들과 여러 상황을 객관적으로 보는 시각이 확장되지요. 정신적인 성장이 함께 일어나는 거예요.

그런데 이 과정에서 다른 사람의 외모를 부러워하고

자신의 몸을 혐오하는 일이 심심찮게 일어납니다. 날 왜 이렇게 낳아 줬느냐며 부모를 원망하기도 하고, 성형 수술한 자신의 얼굴을 그려 보기도 합니다.

혹시 누군가와 얼굴이나 몸을 바꿀 수 있다면 어떨까요? 독자 여러분은 그런 상상을 해 본 적이 있나요? 해 보지 않은 사람을 찾는 게 더 힘들겠지요? 『내가 아는 최다미』는 그런 상상을 극단적으로 밀어붙인 사고실험입니다.

누군가는 이 이야기를 읽고 재미있다며 한 발짝 더 나아간 상상을 펼칠 수도 있겠고, 누군가는 몸을 단지 도구에 불과한 것으로 묘사했다며 불쾌하다 느낄지도 모르겠습니다. 여러분은 어떠셨나요? 어떻게 느꼈든, 생각의 전환이 일어날 때 흔히 느낄 수 있는 감정으로 자연스레 받아들여 주시면 좋겠습니다.

앞서 제가 몸이 무엇일까에 대해 질문을 던졌는데, 사실 저는 몸이 '무엇인가' 보다는 다른 데 더 관심이 많아요. 이를테면 몸이 우리에게 주는 가능성과 한계, 몸과 정신의 관계, 몸이 어떻게 우리의 자아를 이루는지 같은 주제들입니다. 여러분도 이 이야기를 읽으며 그에 대해 생각해 보셨기를 바라요.

이 이야기는 이 책 분량의 6분의 1에 불과한 단편에서 시작되었습니다. 제가 3년 전에 온라인 소설 플랫폼 '브릿G'에 올린 글이었죠. 소설을 쓴 지 1년밖에 되지 않았고 더구나 청소년 성장소설은 처음 써 본 것이었습니다. 그 글에서 가능성을 봐 주시고 책을 내자고 해 주신 씨드북과 전예슬 편집자님께 감사드립니다. 덕분에 다미에게 그저 스쳐 지나가는 인연이었던 은결이가 다미의 소중한 친구가 되었고, 그 두 사람과 함께 저도 함께 성장하는 시간을 가졌습니다. 이번에 이룬 것들을 발판 삼아 재미난 상상이 가득한 이야기를 계속해서 쓰겠습니다.

읽어 주셔서 감사합니다.

2023년, 다가오는 가을을 바라보며

오동궁

내가 아는 최다미

초판 인쇄 2023년 10월 16일 **초판 발행** 2023년 10월 16일

지은이 오동궁

펴낸이 남영하 **편집** 전예슬 김주연 김가원 **디자인** 박규리 **마케팅** 김영호 변수현

펴낸곳 ㈜씨드북 **주소** 03149 서울시 종로구 인사동7길 33 남도빌딩 3F **전화** 02) 739-1666 **팩스** 0303) 0947-4884

홈페이지 www.seedbook.co.kr **전자우편** seedbook009@naver.com **인스타그램** instagram.com/seedbook_publisher

ISBN 979-11-6051-575-6 (43810)

● 책값은 뒤표지에 있어요. ● 잘못 만들어진 책은 구입하신 서점에서 바꾸어 드려요.

● 씨드북은 독자들을 생각하며 책을 만들어요.